KB114134

올 스탯
슬레이어

올 스탯 슬레이어 10

비츄 장편소설

초판 1쇄 찍은 날 § 2016년 4월 8일
초판 1쇄 펴낸 날 § 2016년 4월 15일

지은이 § 비츄
펴낸이 § 서경석

편집책임 § 김현미

펴낸곳 § 도서출판 청어람
등록번호 § 제387-1999-000006호
등록일자 § 1999. 5. 31
어람번호 § 제1-2400호

주소 § 경기도 부천시 원미구 부일로 483번길 40 서경B/D 3F (우) 14640
전화 § 032-656-4452 팩스 § 032-656-4453
http://www.chungeoram.com
E-mail § chungeorambook@daum.net

ⓒ 비츄, 2015

ISBN 979-11-04-90740-1 04810
ISBN 979-11-04-90378-6 (세트)

[완결]

올 스탯 슬레이어 10

FUSION FANTASTIC STORY

비츄 장편소설

도서출판 청어람

CONTENTS

올 스탯
슬레이어

CHAPTER 1

아사리는 탄식했다.

'아… 새로운 영웅은……'

아사리의 작은 희망은 단숨에 깨졌다.

새로운 영웅이 아니었으며 일본 슬레이어는 더더욱 아니었다. 정말 황당하게도 플래티넘 슬레이어가 중국 내 슈퍼 웨이브를 굉장히 빠르게 정리하고 일본으로 왔다는 거다.

말도 안 되는 일인데 플래티넘 슬레이어는 그 말도 안 되는 일을 태연스레 일으켰다.

한편, 마사요시가 저장한 영상은 세계에 큰 풍파를 일으켰다.

슈퍼 웨이브는 그냥 웨이브가 아니었다. 괜히 '슈퍼'라는 말이 붙은 게 아니다.

그런데 플래티넘 슬레이어는 그 슈퍼 웨이브를 너무나도 쉽게 무력화시켰다. 슈퍼 웨이브 내에 최강의 난이도를 자랑하는 스페셜 보스 몬스터 리치킹조차도 굉장히 쉽게 사냥했다.

아직 모든 나라가 인터넷을 사용할 수 있는 건 아니지만 인터넷을 사용 가능한 나라들 사이에서 그 영상이 일파만파 퍼져 나갔다.

제목들도 다양했다. 제목들 중에는 '풍신 슬레이어'라는 다소 우스꽝스럽지만 나름대로 존경의 의미가 담긴 제목들도 있었다.

한국을 필두로 하여 미국, 중국, 일본의 슈퍼 웨이브는 약 하루 만에 종결됐다.

전 세계에서 한국을 향한 러브콜이 쇄도했다. 워프 게이트를 가지고 있는 나라들은 계 탄 셈이다. 플래티넘 슬레이어가 있는 곳에 슈퍼 웨이브의 마침표가 존재하니까 말이다.

마지막 왕성이 있던 곳, 우크라이나에서도 한국 유니온의 문을 두드렸다.

"플래티넘 슬레이어는 모든 것을 가지고 계시지만 가져도 가져도 부족한 것이 있습니다."

우크라이나는 우크라이나의 미녀들을 원하는 대로 무상으로 제공하겠다는, 세상이 이렇게 변하기 전이라면 있을 수도 없는 해괴한 제안까지 해왔다.

"아……."

현석은 멋쩍게 웃었다. 남자라면 충분히 혹할 수 있는 제안이다. 안 그래도 세계의 여성들은 보다 강한 남자의 그늘 밑에 들어가기 원했다. 보편적인 기준에서 남자 슬레이어들이 여자 슬레이어보다 강했기 때문이다.

이를 볼 때 우크라이나의 제안은 현실성이 있는 제안이었다.

현석이 고개를 저었다.

"그건 좀… 힘들겠네요."

지금도 이미 미녀들은 넘치고 넘친다.

홍세영과 강평화는 이제 서로를 인정하는 경지에 이르렀다.

어차피 세상은 변했다. 일부일처를 강요할 수 없는 세계가 됐다. 그래서 그들 역시 서로가 유현석을 차지하겠다는 생각은 하지 않았다.

최은영 또한 같은 생각이었다. 당장 현석과 결혼을 하겠다거나 하는 건 아니지만 그래도 그녀 역시 일부다처제에 관하여 진지하게 고민을 하고 있는 중이다.

더군다나 리나도 있다. 정말 마음 넓게 범위를 잡는다면 활도 어떻게든 범위에 들어가긴 한다.

'리나는 세영이와 평화. 은영이 외에는 인정 안 할 거야.'

여자들과 마찬가지로 현석도 비슷한 생각을 하기는 했다. 과거라면 남자 하나가 여자 여럿을 거느릴 수 없었지만 지금은 다르지 않은가.

그러나 그렇다고는 해도 현재 있는 4명만 해도 이미 벅차다고 생각하는 중이다. 적어도 현석은 그랬다.

필리핀 같은 경우는 아예 한국의 속국이 되겠다고 말했다. 필리핀의 왕위에 올라달라는 요청까지 받았다.

'말이 좋아 왕 자리지 책임져 달라는 거네.'

사실이 그랬다. 말이 좋아 왕이지, 사실은 자기들을 지켜달라고 하는 거다. 플래티넘 슬레이어를 유혹할 수 있는 뭔가 마땅

한 것이 없어서 나라를 통째로 바친다고 한 것이다.

더욱 황당한 건 국민들이 반대하지 않고 있다는 것, 오히려 그들은 플래티넘 슬레이어가 왕이 되어주었으면 한단다.

'정말이지. 세계가 엄청나게 변했군.'

힘 있는 자가 세계를 가질 수 있다.

여기서의 힘은 슬레이어로서의 능력이다. 슈퍼 웨이브가 이번 한 번만 있는 것은 분명 아닐 터. 어쩌면 더 높은 난이도의 슈퍼 웨이브가 등장할지도 모를 일이다. 그런 의미에서 현석은 왕 중의 왕이라고 할 수 있겠다.

"왕은 괜찮고… 토지를 양도받는 조건으로 하죠."

"토, 토지 말입니까?"

"네. 왕이 되어 다스리는 것보다는 땅의 소유권을 인정받고 싶네요. 오히려 제 권한이 축소된 것 아닌가요?"

필리핀에서 파견 나온 남자는 정말 그런 것인가, 플래티넘 슬레이어의 이득이 더 적어지는 것인가에 대해서 고민해 봤지만 왠지 속는 기분이 들었다.

현석은 이런저런 협상을 거친 끝에 전체 토지의 1/5을 플래티넘 슬레이어의 소유로 해주겠다는 약조를 얻어냈다.

인도도 비슷한 제안을 해왔다.

"인도 영토의 1/10을 드리겠습니다. 당연히 사유지로 인정합니다. 거기에 몬스터스톤 2만 개를 추가로 드리겠습니다."

문제는 그 사유지 내에 슈퍼 웨이브 발생 지점이 있다는 것, 말하자면 슈퍼 웨이브만 없애주면 그 땅을 포함한 광활한 대지를 주겠다는 거다.

현석에게 있어서 딱히 매력적인 제안이라고는 볼 수 없었다. 왜냐하면 세계의 인구가 상당히 많이 줄어들은 상태고 토지는 남아도는 형국이기 때문이다.

이런 현상이 가속화되면 가속화됐지, 줄어들지는 않을 거라고 생각했다. 일단, 이때까지는 그렇게 생각했다.

어디를 먼저 클리어해 주느냐가 다를 뿐, 어차피 세계에 일어난 웨이브는 처리할 것이기에 현석은 그 조건은 받아들였다.

"1/5로 하죠."

인도에서 건너온 남자의 얼굴이 흙빛으로 변했다. 인도는 영토가 넓다. 그 영토의 1/5이라면 정말 엄청난 수준이다.

"그, 그건……."

"그럼 합의해서 1/8."

플래티넘 슬레이어도 땅을 모두 받아낼 생각은 아닌 듯했다.

'어차피 지금 땅은… 소유하고 있는 사람도 없어.'

막말로 깃발 꽂고 여기 내 땅이오, 하고 주장하면 자기 땅이 될 수도 있는 시대다. 인도는 그 조건을 수락했다.

인도와 필리핀뿐만 아니라 유럽을 제외한 대다수의 나라가 비슷한 제안을 해왔다.

슈퍼 웨이브가 한 번 펼쳐지자 현석은 전 세계 제일의 땅 부자가 됐다. 사실상 지금 땅을 많이 가지고 있는 것에 큰 의미가 있겠냐마는 어쨌든 그랬다.

현석이 개인 사재로 가지게 된 토지가 무려 남한 면적의 100배가 넘었다.

현석은 유니온과 상의하에 나름대로의 순서를 짜서 각국의 슈퍼 웨이브를 클리어해 줬다.

역시 문제점은 또 있었다. 슈퍼 웨이브 발발 12시간이 지나자 또 다른 스페셜 보스 몬스터가 등장했다. 다크엘프 퀸이라는 몬스터였다.

이 몬스터는 모든 몬스터의 능력치를 높여주고 슬레이어들에게 랜덤으로 디버프를 거는데 운이 나쁜 경우, 시력을 잃게 되는 경우도 있었다.

—전 세계에 엄청난 피해가 있었지만 플래티넘 슬레이어와 인하 길드원 등 한국 슬레이어들의 엄청난 활약으로 인하여…….

놀라운 사실은 또 있었다. 플래티넘 슬레이어와 인하 길드원들이 아니라 할지라도 한국의 슬레이어들은 굉장히 강했다. 플래티넘 슬레이어 같은 큰 도움을 주지는 못해도 한국 슬레이어들이 일단 합류했다 하면 난이도 자체가 현저하게 낮아졌다.

—여러 나라와는 반대로, 한국의 레드돔 난이도는 슈퍼 웨이브의 수준보다 훨씬 높았다고 알려지고 있는 상태이며…….

한국 슬레이어들은 비교적 쉽게 슈퍼 웨이브에 저항했다. 레드돔 때의 난이도보다 오히려 쉬웠기 때문이다.

그러나 타국 슬레이어들은 아니었다. 그들은 이번 슈퍼 웨이브가 레드돔 때보다 더 어려운 난이도라고 느꼈다. 그래서 더 위축되기도 했었다.

—마지막으로 풍신이라 일컬어지는 플래티넘 슬레이어의 고유 스킬, 폭풍을 보여드리면서 뉴스를 마무리하겠습니다.

연일, 전 세계의 TV에는 플래티넘 슬레이어의 폭풍이 방영됐다.

그것을 본 사람들은 플래티넘 슬레이어를 '풍신'이라고 부르는 걸 주저하지 않았다. 무협지에서나 등장할 법한 이름이었지만 사람들은 그것을 유치하다고 생각하지 않았다.

그들에게 있어서 플래티넘 슬레이어의 폭풍은 정말로 희망이나 다름없었으니 말이다.

현석은 앞장서서 전 세계의 슈퍼 웨이브를 끝냈다. 알림음들도 제법 많이 들려왔다.

[레벨이 증가했습니다.]

확실히 레벨 업 속도는 굉장히 느려졌다. 그 많은 몬스터를 싹쓸이 했음에도 불구하고 레벨 업 알림음을 겨우 5번 정도밖에 못 들었다.

[위대한 업적으로 인정됩니다.]

슈퍼 웨이브 하나를 끝낼 때마다 위대한 업적 알림을 들었으며.

[매우 위대한 업적으로 인정됩니다.]

슈퍼 웨이브 10개를 끝냈을 때에 매우 위대한 업적 판정을 받았다. 위대한 업적과 매우 위대한 업적 판정으로 인한 보상은 따로 있었다.

[신체 진화율이 40퍼센트까지 증가합니다.]

신체 진화율은 정말 어지간히도 안 오르는 축에 속했다. 슈퍼 웨이브를 그렇게 쓸어버렸는데도 이제 겨우 40퍼센트 정도 올랐을 뿐이었다.

보상은 거기서 그치지 않았다.

[(+)명성이 상승했습니다.]
[(+)명성이 상승했습니다.]

(+)명성 알림음과 함께.

[(−)명성이 상승했습니다.]
[(−)명성이 상승했습니다.]

(−)명성 알림음도 상당히 여러 번 들려왔다.

활의 말에 따르면 명성 시스템은 '칭호 효과'를 증폭시키는 역할이라고 했다.

그런데 현석은 '대체 불가능한+1'칭호가 도대체 어떤 능력을 가지고 있는지 구체적으로는 모르고 있었다.

그 칭호가 레드돔의 환경에 저항할 수 있도록 해줬고 페널티를 푸는데 결정적인 역할을 했다는 건 알고 있지만 구체적으로 '어떠어떠한 능력이다'라는 문구를 보질 못했다.

상태창이나 스탯창 활성화가 안 되니 어쩔 수 없었다.

'마이너스 명성은 도대체 뭐지.'

알림음을 들을 때마다 현석은 고개를 갸웃거렸다.

플러스 명성은 대충 알겠다. 이번에 일본에서 폭풍을 발동시킨 영상이 전 세계에 퍼져 나가게 되면서 (+)명성이 굉장히 많이 높아졌다.

아무래도 몬스터를 죽이거나 업적을 달성하거나 혹은 사람들에게 감명 깊은 모습을 보이면 (+)명성이 증가하는 것 같았다.

'그리고 보니 TV방영 이후 마이너스 명성도 많이 올랐는데.'

여전히 (ー)명성의 증가 조건은 모르는 상태. 어쨌거나 슈퍼 웨이브는 거의 일단락됐다.

인간과 몬스터 사이의 싸움은 잠시 중단된 셈이다. 하지만 문제는 남아 있었다.

슈퍼 웨이브를 거치면서 유럽에 한 가지 큰 사건이 발생한 것이다.

〈유럽을 제패한 엘리자베스 연합.〉
〈엘리자베스 유니온. 정식 출범.〉

기존의 엘리자베스 유니온은 앱서버의 연합으로서 양지에서
는 활동하지 않았었다. 양지에서 활동하던 건 정령사 연합인 '킹
덤'이었다.

성형이 말했다.

"킹덤이 엘리자베스에 완전 항복을 선언했어. 앱서버들이 슈
퍼 웨이브를 지나면서 엄청나게 강해진 모양이야."

강한 몬스터, 강한 슬레이어가 나타나면 나타날수록 앱서버들
은 강해진다. 현석 역시 앱서버이기 때문에 잘 알고 있었다.

현석의 클래스는 세컨드 앱서버로 그 역시 카피와 흡수가 가
능하다. 그럴 필요가 없어서 하지 않는 것뿐이다.

"그들은 마성에 저항할 수 있는 특별한 수단을 가지고 있대
요?"

"아직까지 별문제는 없었던 것 같아."

현석이 앱서버이기 때문에 그리고 블랙 나이트를 거쳐왔기 때
문에 앱서버의 부작용을 알고 있다.

"소진된 생명력을 흡수를 통해 채울 수 있죠, 앱서버는."

그래서 더 악질인 거다. 생명력 흡수와 더불어 능력치 흡수까
지, 문제는 그게 끝이 아니었다.

앱서버에게는 해결되지 않은 문제가 하나 더 있었다. 바로 마
성이다.

현석이야 칭호 효과로 인하여 저항할 수 있다고 하지만 일반
슬레이어들은 아닐 수도 있다.

마성이 어떤 영향을 끼칠 지 아직은 잘 모르겠지만 그래도 좋

을 것 같다는 생각은 안 들었다.

성형이 말을 이었다.

"유럽인들은… 오히려 아리랑보다 엘리자베스를 더 믿고 의지하는 모양인가 봐."

난세가 영웅을 만든다고 했다.

유럽의 앱서버들이 바로 영웅이었다. 그들은 다른 나라들과는 달리 스스로의 힘으로 슈퍼 웨이브를 저지했다. 여기엔 정령사들보다도 앱서버의 역할이 컸다. 강한 몬스터가 나타나면 그만큼 강한 힘을 낼 수 있으니까.

"그들이 슈퍼 웨이브를 클리어하는 데 가장 큰 공을 세웠으니까요. 제가 세계인들에게 영웅으로 불리는 거랑 다를 건 없겠네요. 레드돔 안에서도 딱히 민폐를 끼친 적은 없었던 것 같고."

생각해 보면 한국의 블랙 나이트들은 마성의 영향을 상당히 많이 받았다고 볼 수 있겠다. 그렇지 않고서야 그렇게 많은 인원이―약 4천여 명―천편일률적으로 그런 행동을 보였을 리는 없다고 생각하고 있는 중이다.

현석이 조심스레 의견을 내봤다.

"한국 쪽 난이도가 너무 높아서 마성도 강하게 작용하게 되었던 것 아닐까요?"

*   *   *

앱서버 연합, 엘리자베스 유니온은 유럽에서의 위치를 공고히 했다.

이제 유럽은 거의 한 나라처럼 되어버렸다. 영국, 독일, 프랑스 등의 국경은 이미 없어졌다.

나라가 아닌 유니온이 다스리는—왕정 시대와는 다르지만 표기상 편의를 위하여 '다스리는'이라고 표현하기로 한다—시대가 됐다.

"솔직한 말로 앱서버가 정말 그렇게 나쁜 거야? 우리한테 해를 끼친 적도 없고."

"예전에 들었는데 한국 쪽에서 앱서버랑 비슷한 클래스들이 잠깐 득세를 했었나 봐. 그 클래스는 사람을 죽이도록 만드는 악영향을 갖고 있고… 뭐라더라. 사람을 죽이면 경험치를 많이 얻을 수 있다나? 그래서 사람을 엄청 죽였나 봐."

"우리는 안 그랬잖아. 그리고 앱서버랑 비슷한 클래스였다며."

결정적으로 유럽 내에서 일반인들은 앱서버에게 피해를 본 적이 별로 없다. 한국 내의 정서와는 달랐다.

"말이야 바른 말이지, 왜 우리가 아리랑 따위의 정책에 따라야 해?"

슈퍼 웨이브까지 자력으로 처리하고 나자 유럽인들은 자존심이 상했다.

'아리랑'은 어디까지나 한, 중, 미, 일이 주도하여 만든 국제기구다. 그리고 그 국제기구가 유럽의 실세인 엘리자베스를 악의 축으로 규정해 버렸다.

"아리랑의 말이 법은 아니잖아. 우린 엘리자베스 없었으면 다 죽었다고."

"아리랑은 사실 자기들을 위협할 세력을 초기에 밟아버리려고 하는 것 아니겠어?"

그럴 수도 있겠다는 의견이 지배적이었다. 시간이 좀 더 흘렀다. 몬스터와의 전쟁은 잠시 멈추었지만 세계는 더욱더 긴장 상태에 접어들었다. 앱서버들의 테러는 끊이질 않았고 그러면 그럴수록 아리랑은 앱서버 색출에 열을 올렸다.

그러던 차, 현석이 우려하던 일이 결국 벌어졌다.

유럽에서 이름이 꽤나 알려진 앱서버 한 명의 눈 전체가 까맣게 물든 사건이었다.

처음에는 외양만 변했는데 시간이 좀 더 지나자 그 앱서버는 순식간에 일반 슬레이어 혹은 시민들 약 700명을 학살하고 또 다른 앱서버에 의해 사살됐다.

그런데 문제는 그 앱서버를 처리한 앱서버들 역시 눈이 까맣게 물들었다는 거다. 그중 한 슬레이어는 자신의 눈을 뽑아 버렸다는 소문까지 들려왔다.

그러나 눈의 색깔과 학살을 자행하는 것에는 딱히 상관관계가 없는 것 같았다. 그 앱서버들 역시 미쳤다. 다행히 그들은 일찍이 격리 수용되었기 때문에 큰 피해는 없었다고 전해졌다.

하지만 처음에만 그랬다.

특수 제작된 감옥 내에서 꺼내달라 발광하다가 이윽고 서로가 서로를 잡아먹는 괴현상이 펼쳐졌다고 했다.

결국 마지막에 남게 된 한 앱서버가 감옥을 부수고 탈출했다는 충격적인 소식이 전해졌다.

〈충격. 폴란드 일반 시민 및 슬레이어 1천 명 사망.〉

단 한 명에 의해 1천 명의 목숨이 희생됐다.

폴란드를 중심으로 하여 사이렌이 울리기 시작했다. 몬스터가 아닌, 인간 때문에 말이다.

그리고 현석도 그 소식을 들었다.

'도대체 몇 명을 얼마나 흡수한 거야.'

비 슬레이어, 슬레이어 할 것 없이 눈에 보이는 대로 죽이고 흡수하고 있다고 했다.

위성으로 모습이 잡힌 적이 있는데, 눈뿐만 아니라 온몸이 까맣게 물들어 있었다. 이를 발견한 군대가 출동했으나 군대 역시 궤멸되고 말았다.

유럽이 공포에 물들었다.

　　　　*　　　　　*　　　　　*

그 시각 한국.

현석은 예쁘장한 어떤 여자가 넘어지는 걸 봤다.

그 모습에 옆에 있던 명훈이 현석에게 귓속말했다.

"저 사람, 클래스 확인이 안 돼."

클래스 확인이 안 되는 경우는 한 가지 뿐이다. 명훈보다 레벨이 높은 것. 그러나 일반적인 슬레이어가 명훈보다 레벨이 높을 수는 없다.

명훈보다 레벨이 높으려면, 일반적인 방법이 아닌 다른 방법을 써야 했다. 몬스터 혹은 슬레이어들을 카피하고 흡수하는 방법 말이다.

그 여자가 말했다.

"저기… 저 좀 도와주세요. 발목을 다친 것 같아요."

*   *   *

현석은 한국에서 앱서버들이 활동하고 있다는 사실은 이미 알고 있었다.

'저 여자가 앱서버가 아닐 확률은 거의 없어.'

사실이 그렇다. 앱서버가 아닌 이상 명훈보다 레벨이 높을 수는 없으니까.

현석이 명훈에게 재차 확인을 했다.

"너보다 레벨이 높을 때에만 탐지 안 되는 거 맞지? 무슨 특수한 클래스를 가지고 있다거나."

"일단 설명상으로는 나보다 레벨이 높을 때에만 클래스 파악이 어렵다고 되어 있는데. 또 모르지."

현석은 고개를 끄덕였다. 앱서버인지 아닌지는 두고 보면 알게될 터. 그러나 저 여자는 자신 앞에서 일부러 넘어진 것 같은 느낌이 들었다.

"괜찮아요?"

가까이 다가간 현석이 영어로 물었다. 당연한 말이지만 앱솔루트 필드는 켠 상태.

'앱서버는 언젠가 부딪쳐야 해.'

그렇다면 앱서버 다수가 있을 때가 아닌, 혼자 있을 때에 마주치는 것도 나쁘지는 않다는 생각이다. 앱서버가 카피 스킬을 통해 자신의 능력을 복사한다고 해도 그건 어디까지나 '능력치'에 관한 복사다.

스킬은 물론이고 여태껏 쌓아온 전투 경험까지 모두 복사할 수 있는 건 아니다. 자신의 모든 능력치를 가져간다고 해도 이 여자 한 명을 제압할 자신은 충분히 있었다.

"아… 발목을 살짝 삔 것 같아요."

현석은 일부러 손을 내밀지 않았다. 가까이 가서 괜찮냐고만 물어봤다.

'내 능력치를 원하는 거라면 나와의 접촉을 시도하겠지.'

예전에 블랙 나이트도 그랬었다. 아직까지 유럽 측 앱서버가 블랙 나이트로부터 전직하여 앱서버가 되었는지 아니면 처음부터 앱서버로 시작했는지에 관한 것은 밝혀지지 않았다.

사실 카피 스킬이 있는지 없는지도 모른다. 아마 있을 거라고 확신에 가까운 예측을 하고는 있지만 말이다.

현석은 비접촉 상태에서 말했다.

"힐."

"…슬레이어셨어요?"

"네, 힐 정도는 사용 가능합니다."

"감사합니다."

여자가 일어섰다. 몇 발자국을 걸었는데 힘이 풀렸는지 다시금 넘어질 뻔했다. 현석 쪽으로 말이다.

'이쯤 되면 의도적이라고 봐야겠지.'

현석은 피식 웃었다. 아무래도 카피 스킬을 가지고 있는 것 같다. 무엇보다도 저 여자는 사기꾼이 맞다. 확신했다.

현석은 여자의 팔목을 잡았다. 그리고 그 순간, 여자의 입꼬리가 올라간 것을 놓치지 않았다.

"명훈이 넌 멀리 떨어져 있어."

현석은 블랙 등급의 상급 체술을 익혔었다. 그리고 그게 앱솔루트 필드에 고스란히 녹아 있다. 현석은 생각한 이미지대로 몸을 움직일 수 있다.

여자를 바로 제압하여 땅에 눕혔다. 팔을 뒤로 꺾고 무릎으로 등을 눌렀다. 여자는 당황한 듯했다.

"갑자기 왜 이러세요!"

여자는 빠져나가려고 아등바등 힘을 썼다. 확실히 힘은 굉장히 강했다.

'내 힘을 카피했다면 힘이 강한 건 당연하겠지.'

같은 힘을 가지고 있다고 해서 똑같이 잘 싸우는 건 아니다.

특히나 지금처럼 유리한 포지션을 잡고 있다면 같은 힘이 아닌 압도적인 힘을 가지고 있어야—혹은 뛰어난 기술이나—탈출이 가능하다.

현석은 이 여자가 앱서버, 그도 아니면 블랙 나이트라고 확신했다. 그도 그럴 것이 사실 그는 힐을 사용하지 않았다. 힐을 사용하는 척을 했지만 정작 힐은 주지 않았다.

그러나 여자는 그 힐을 받고서 멀쩡해졌다는 듯 걸었다. 단순한 속임수였지만 여자는 그 속임수에 낚인 셈이다.

"앱서버냐? 그도 아니면 블랙 나이트?"

"사람 살려! 사람 살려요!"

현석의 말에 여자가 갑자기 소리를 지르기 시작했고 사람들이 몰렸다. 이명훈이 외쳤다.

"인하 길드 소속 이명훈 슬레이어입니다. 저 여자는 앱서버입니다."

그 말에 사람들은 주춤주춤 뒤로 물러서기 시작했다.

앱서버의 폭주 소식은 이미 알려져 있어 사람들에게 앱서버는 공포의 대상이 되어 있었다.

도와달라며 'Help'를 외치고 있는 여자의 상태가 조금 이상했다. 약 3분여의 시간 동안 여자의 목소리가 조금 변한 것이다.

그것에 현석은 느꼈다.

'노화가 진행되고 있다.'

그렇다는 말은 힘의 격차가 상당히 크다는 뜻.

제압에서 풀려나기 위해 아마 온 힘을 다해 저항하고 있을 거다. 자신이 늙어가고 있다는 것은 생각하지도 못한 채.

"저, 저기 봐."

사람들은 뒷걸음질 치다가 이상한 점을 발견했다. 여자의 피부가 조금씩 노화되고 있던 까닭이다. 현석이 말했다.

"앱서버의 부작용입니다. 상대의 힘을 카피하고 사용할 수 있는 능력이 있는데 그건 생명력을 담보로 합니다. 블랙 나이트와 같죠. 앱서버는 소진된 생명력을 타인으로부터 섭취할 수 있습니다."

그리고 말했다.

"저는 플래티넘 슬레이어입니다."

현석은 굳이 자신의 정체를 숨기려 들지 않았다.

이제 조용히 숨어 사는 건 포기했다. 이런 상황에서 '플래티넘 슬레이어'라는 그 단어가 가지는 힘은 명확했다.

혹시나 저 남자가 앱서버는 아닐까 생각하던 사람들은 가지고 있던 일말의 의심을 지웠다.

여자가 늙어가고 있는 모습, 앱서버에게 힘을 흡수당할 때에 나타나는 현상이 아니던가. 그래서 일부 사람들은 현석이 오히려 앱서버가 아닐까 생각하고 있던 차였다.

"저분이 플래티넘 슬레이어라고……?"

"저분이 구원자?"

구원자라는 낯부끄러운 별명은 이미 한국인들에게는 전혀 낯부끄럽지 않은 명칭이 된 지 오래다.

상황은 곧 정리됐다. 여자는 시체도 남기지 않고 사라져 버렸다. 이걸로 한 가지는 확인했다.

아직까지 일반 앱서버의 수준이 '엄청나게 강한' 수준은 아니며 플래티넘 슬레이어의 능력을 카피하고 사용하려면 상당한 무리가 따른다는 것. 지금 폭주를 일으킨 '마인'이라면 또 어떨지 모르겠지만 말이다.

현석에게 알림음이 들려왔다.

[(+)명성이 상승했습니다.]

명훈은 주위를 둘러봤다. 조금 황당했다.

'뭐야. 지금 이 시추에이션은?'

현석은 다시 한 번 주위를 둘러봤다. 어느새 몰려든 구경꾼들이 '플래티넘 슬레이어 만세'를 외치고 있었다. 무슨 사이비 광신

도들을 보는 것 같은 그런 느낌이었다.

　세계가 사람들을 이렇게 만들었다. 일반 사람들에게 있어서 확실히 플래티넘 슬레이어는 거의 신앙 수준으로 신격화되어 있는 모양이었다.

　인하 길드 하우스.

　명훈이 말했다.

　"아, 글쎄. 그렇다니까. 사람들이 플슬 만세를 외치는데 솔직히 부끄럽더라. 진짜 무슨 교주라도 된 것 같았다니까? 현석이가 대단한 건 맞지만 뭐 그렇다고 사이비 교주는 아니잖아?"

　현석과 친한, 그리고 현석 역시 평범한(?) 일반 사람임을 알고 있는 명훈이 보기에 그 상황은 좀 그랬다. 다들 그렇게 생각할 줄 알았다.

　연수가 제일 먼저 배신했다.

　"솔직히 현석이는 그런 대접 받아도 된다고 봐."

　그리고 더욱 큰 배신은 평화가 했다.

　"평화야, 왜 내 밥은 이렇게 적어?"

　"몰라요. 그냥 다 똑같이 펐는데 오빠는 적게 들어간 것 같아요."

　"치사하게 밥 가지고 이러냐? 내가 현석이 욕해서 그래?"

　따지고 보면 욕한 것도 아니다. 그냥 순수하게 그 상황이 '오그라들었다'라고 말한 것뿐인데 평화한테 홀대를 받았다.

　"어라? 밥통에도 밥 없네."

　"죄송해요, 오빠. 밥 남은 게 없어요. 절대 일부러 그런 거 아니에요."

명훈은 슬퍼졌다.

＊   ＊   ＊

3달이 흘렀다. 그사이 유럽에서는 난리가 났다.

'마인'이라고 불리는 그 남자는 가는 곳마다 학살을 일으켰으며 마인뿐만이 아닌 몇몇 앱서버 또한 폭주하기 시작했다. 유럽에서 워프 게이트를 타고 한국으로 오고자 하는 사람이 엄청나게 많아졌다.

워프 게이트를 통해 한국으로 오는 유럽인들의 숫자가 하루 기준 1만 명을 넘어섰다. 한국 역시 인구밀도가 굉장히 낮아져서 유입 인구를 받아들일 수 있는 여력이 있기는 했지만 이건 정말 문제였다.

현석이 말했다.

"이 정도면 충분히 기다렸다고 봐요. 저대로 둘 수는 없어요. 워프 게이트를 이용 못 하는 사람들이나 비행기조차 못 쓰는 사람들은… 마주치면 일단 죽는 셈이니까요. 벌써 수십만 명의 사람이 희생됐어요."

현석은 유럽 내 사태가 완전히 커질 때까지 일부러 기다렸다.

이제 앱서버들을 지지하던 세력들은 없다고 해도 과언이 아니었다. 엘리자베스 유니온. 즉, 앱서버 연합은 이제 전 세계로부터 외면받게 됐다.

"명분도, 여론도 이쪽에 있으니 우리 애들 데리고 유럽으로 갈게요."

"너는 그렇다 치고 애들은 위험하지 않겠어?"

"연수가 있으니까 괜찮아요."

3달 동안 변화가 조금 있었다. 일단 엘리자베스 소속의 앱서버들이 아리랑에 투항하는 사건들이 벌어졌다. 그들은 자신들이 가진 능력에 공포심을 느끼고 있었다. 시간이 지나면 지금의 마인들처럼 미쳐서 날뛰게 될 것을 두려워했다.

아리랑은 그들에게 '봉인 수갑'을 차기를 권했으며 그들은 순순히 봉인 수갑을 받아들였다. 예전에 구성찬이 현석을 비롯한 슬레이어들을 구속하기 위해 사용했던 아이템이었다.

"일단 봉인 수갑이 제 역할을 해주고는 있네요."

적어도 봉인 수갑을 착용하고 있는 앱서버들의 경우 발작한 경우는 한 번도 없었다. 아무래도 앱서버로서의 능력이 일정 수준 이상 높아지면 발작이 시작되는 것 같았다.

성형이 말했다.

"혹시 마인이 된 앱서버를 정상으로 돌리는 방법은 없을까?"

"글쎄요. 지금으로서는 없다고 봐야 되겠죠."

현석은 마음을 굳혔다.

마인이 된 앱서버가 강할지는 잘 모르겠으나 그들은 반드시 죽여야만 한다. 그리고 그들을 죽일 수 있는 건 현석, 자신밖에 없다는 걸 잘 알고 있다.

군대마저도 궤멸되고 있는 판이다.

일반적으로 슬레이어는 군대보다 강할 수 없다. 슬레이어가 현대 무기에 강한 내성을 지닌 실드를 가지고 있는 게 아니라면 말이다.

그런데 마인들은 군대마저도 넘어섰다. 실드를 가지고 있는지는 파악되지 않았다. 아니, 실드를 가지고 있지 않다고 잠정적으로 결론이 내려진 상태다. 실드 없이 군대를 이겼다는 말은 그만큼 슬레이어로서의 능력이 엄청나다는 소리다.

"물리력까지 가미된 공격력만 놓고 보면 세영이가 저보다 나을 수 있어요. 게다가 방어적인 측면에서 보자면 연수가 저보다 나을 수 있고요. 민서의 자이언트 터틀 부대 역시 큰 도움이 될 수 있을 거라고 봐요. 혹시라도… 집단전이 일어날 가능성도 있으니까요."

사실 효율만을 놓고 보자면 현석이 '성자의 세트'를 착용하고 거기에 '천절검'까지 쥐고서 유럽으로 가는 게 가장 좋다. 그러나 그건 어디까지나 과거의 일이다. 만약 인하 길드원들을 지키기만 해야 하는 상황이라면 혼자 가는 게 좋다.

"확실히… 요 세 달간 엄청난 변화가 있기는 했지."

세 달간 커다란 변화가 있었다.

언젠가 하종원이 푸념했던 적이 있다. 스탯빨만 있는 줄 알았더니 아이템빨도 있다고 말이다. 가능만하다면 현질이라도 하고 싶다고 말이다. 그 당시에는 '현질'이 불가능한 줄 알았었다.

그러나 그게 가능해졌다.

*   *   *

두 달 전.

전 세계에서 일어난 슈퍼 웨이브를 클리어하게 되면서 인하 길드원들 전부가 전직을 하게 됐다.

힐러였던 강평화는 '여신의 아이'라는 스페셜 클래스를 취득했다.

힐러 중 가장 먼저 레벨 100에 도달했기 때문에 얻어지는 특전이었다.

물론 그것만 계산된 건 아니었다. 다른 이들이 전직을 했을 때와 마찬가지로 여태까지 이룬 업적들에 대한 판정이 이루어졌다.

평화가 이룬 업적은 대단했다. 그것은 당연한 일이었다. 현석이 있는 곳에 평화가 있었고 현석이 이룬 업적들이 곧 평화가 이룬 업적이었으니까.

그때, 강평화는 펑펑 울었다.

"저도 길드원들에게 보탬이 될 수 있어서 정말 기뻐요."

강평화는 그간 마음고생을 많이 했다.

인하 길드원들 모두 각자의 위치에서 자신의 역할을 훌륭하게 해내고 있었는데 자신은 아니라고 생각했기 때문이다. 물론 모두가 평화더러 인하 길드의 안주인 역할을 수행해 주고 있다고 칭찬해 주긴 했지만 그건 어디까지나 살림 솜씨이지 슬레잉 솜씨가 아니지 않은가.

그런데 이번 특전은 정말 컸다.

"스페셜 등급 상점 이용이 가능해졌어요."

'여신의 아이'라는 클래스는 스페셜 등급 아이템 스토어를 사용할 수 있는 특전을 주었다.

현석과는 달리 단, 1회밖에 오픈되지 않았지만 현석과는 약간 달랐다. 현석의 경우는 '경험치'를 사용해야만 아이템 구매가 가능했다.

"저는… 기존 슬레이어들과 마찬가지로 몬스터스톤으로 아이템 구입이 가능해요."

'여신의 아이'는 획기적인 클래스였다. 사실상 힐러는 슬레잉에 있어서 보조에 가까운 역할이다. 그리고 여신의 아이는 그 '보조'라는 것에 중점을 상당히 많이 둔 클래스인 듯했다.

종원이 입을 쩍 벌렸다.

"그게 정말이야?"

"네."

평화가 환하게 웃었다. 길드원들에게 보탬이 될 수 있다는 사실이 기뻤다.

"정말 네가 모든 노멀 클래스에 해당하는 모든 스페셜 등급 아이템 열람을 할 수 있다고?"

"네, 그렇다니까요!"

노멀 클래스라 함은 딜러, 헬퍼, 디펜더, 힐러를 일컫는 말이다. 보통 해당 슬레이어의 등급이나 클래스에 따라 그에게 맞는 아이템 스토어 열람이 가능하다. 여신의 아이 같은 경우는 대부분의 아이템 구매가 가능한 듯했다.

"스페셜 등급이라니……."

현석이 이용할 수 있는 상점 등급이 바로 스페셜 등급. 최상위 등급은 현재 열람만 가능한 상태다.

"그래서? 가격이 얼마쯤 되는데?"

"등급에 상관없이 수량 20만 개 정도 되는 것 같아요."

"2, 20만 개?"

20만 개는 결코 적은 숫자가 아니다. 슈퍼 웨이브를 싹쓸이해도 끽해야 1만 개가 좀 넘는 수량의 몬스터스톤이 주어진다.

개인 혹은 길드가 아무리 많이 소유해 봤자 수백, 수천 개 단위 정도밖에는 소유하지 못한다. 그러나 인하 길드는 다르다. 일단 기본적으로 중국에서 13만 개를 받았다. 미국에서도 10만 개를 양도받을 예정이다.

현석이 말했다.

"이번 기회에 몬스터스톤 전부 사용하자."

그렇게 인하 길드원들의 아이템들이 강화됐다.

인하 길드원들의 강화는 여기서 그치지 않았다. 인하 길드원들이 발전한 만큼 아이템 강화 슬레이어들 역시 발전했다.

현석은 일전에 미국에 대한 요구 조건으로 '아이템 강화 슬레이어들'을 요구한 적이 있다. 괜히 그런 게 아니다. 폴리네타에서 요청했기 때문이다.

폴리네타는 이전부터 궁금해했던 '속성 강화'에 대한 것을 알아냈다. 속성 강화는 유럽에서 특히 많이 생산되는 '정령석'을 필요로 했다. 그리고 많은 인원을 필요로 했다. 많은 강화 슬레이어들이 힘을 합쳐 속성 강화를 할 수 있게 됐다. 속성 강화에 가장 큰 혜택을 입은 사람이 바로 하종원이었다.

그날, 그러니까 하종원이 폴리네타로부터 아이템을 양도받던 날 그는 몇 번을 다시 확인했다.

"진짜 이게 아이템 옵션으로 달려 있는 거라고요?"

종원의 경우는 조금 특이한 케이스였다.

종원의 아이템을 만들기 위하여 아이템 강화 클래스 슬레이어 300명이 힘을 합쳤다. 300명의 슬레이어는 황당한 업적 보상으로 나왔던 '보장형 강한 망치+3'에 속성 강화를 펼쳤다.

유럽에서 획득한 뇌 속성의 정령석 300개를 쏟아 부었다. 그리하여 하종원은 새로운 아이템을 얻을 수 있었다.

레드돔이 깨지고 새로운 속성이 부여되고 아이템이 진화하면서 보장형 강한 망치는 뇌 속성을 가지는 보장형 강한 망치로 변했다.

물론 하종원이 평소에 사용하던 거대 해머에 비해서는 상당히 작은, 겉모습은 초라한 모양새였지만 그 옵션만큼은 결코 무시할 수 없었다. 등급이 무려 유니크였으니 말이다.

뇌 계열의 스킬 대미지와 반경을 최대 100퍼센트까지 높여주는 어마어마한 옵션이 붙어 있었는데 뇌 속성 계열의 첫 유니크 아이템 등장 판정을 받은 덕분이었다. 반경 100프로는 정말 큰 옵션이었다.

"그럼 메가 라이트닝 크러쉬의 반경이 직경 100미터에서 직경 200미터?"

단순 직경으로 2배가 되면 너비로 치면 4배가 넓어진다.

4배의 범위에는 수백 마리의 몬스터가 들어가게 된다. 옵션으로 인해, 단 한 번에 수백 마리를 더 때릴 수 있다는 소리다.

평화의 아이템 스토어에는 메이지 혹은 힐러 등 보조 계열을 위한 아이템들도 있었는데 그중 하나가 바로 M/P 회복 속도를 획기적으로 높여주는 펜던트였다.

단, 움직이지 말아야 한다는 조건이 있었다.

이 팬던트는 조금 재미있는 구석이 있었다. 가만히 서 있으면 착용자의 주위로 파란색 기류 같은 것이 마구 피어오르는데, 이것은 팬던트가 발동하고 있다는 증거였다.

물론 M/P가 아닌 H/P를 빠르게 채워주는 팬던트도 있었다.

H/P 전용 팬던트의 경우는 빨간색 기류가 피어올랐다. 그 외에 S/P를 채워주는 팬던트는 노란색 기류였다. 팬던트는 한 번에 하나만 착용이 가능하다는 조건이 붙어 있었고 민서는 자신에게 가장 필요한 M/P회복 팬던트를 착용했다.

욱현의 경우는 방어는 연수가 알아서 해줄 테니 공격에 집중하겠다며 H/P를 소모하여 물리력과 공격력을 100퍼센트만큼 상승시키는 반지를 착용했다.

욱현이 포커스를 맞춘 것은 바로 이 '물리력 상승'이었다. 물리력이라는 건 디펜더에게 굉장히 불리한 요소로 작용한다.

그 말을 달리 하자면 딜러에게는 상당히 유리한 요소로 작용한다는 뜻이다. H/P를 모두 없애지는 못해도 화상을 통해 전투 불능 상태에 빠져들게 만들 수 있기 때문이다.

욱현은 반지가 굉장히 마음에 든 듯했다.

"앱서버들을 상대할 때 굉장히 유용하겠어요."

앱서버와의 전쟁은 이미 기정사실화되어 있는 상태였기에 인하 길드도 그에 따른 준비를 했다. 언제까지나 현석에게만 맡겨

놓을 수는 없었다.

현석이 강한 건 맞지만 그렇다고 몸이 한 열개쯤 되는 건 아니었으니까.

명훈은 간만에 엄살을 안 부렸다.

"나는 딱히 아이템이 필요하지 않은 것 같아. 차라리 몬스터스톤을 아껴서 연수 아이템이나 더 줘."

연수의 경우는 현재 성자의 세트 4개를 착용하고 있다. 상황이 상황인지라 복 주머니에 아이템을 보관하지 못하고 있는 중이다.

현재 연수가 가지고 있는 아이템은 갑옷, 방패, 건틀렛, 부츠로 한 가지 빠진 게 있다면 바로 투구였다.

평화가 말했다.

"용사의 투구라는 아이템이 있어요. 정말 좋은 아이템이긴 한데……"

평화는 눈치를 살폈다. 인하 길드가 현재 수중에 가지고 있는 몬스터스톤의 수량은 약 70만 개. 그중 벌써 40만 개를 썼다.

가격대가 약간씩 다르긴 하지만 보통 몬스터스톤 20만 개 정도 하는데, 이 아이템의 경우는 무려 30만 개나 필요했다.

문제는 연수가 이 아이템을 사게 되면 현석이 아이템을 못 산다는 것이었다.

"일단 너희들 안전이 제일 우선이야. 사도록 해. 나중에 성자의 투구가 생기면 그때 내가 양도받으면 되지."

앱서버와의 전투는 별로 두렵지 않다. 만약 아이템이 정 필요할 것 같으면 경험치를 소비해서 사면 된다.

강평화의 경우도 전직을 하면서 새로운 스킬들이 많이 생겼기 때문에 당장 아이템은 필요할 것 같지 않다고 했다. 연수는 용사의 투구를 받아 들었다.

'내 책임이 막중해.'

다른 인원들은 그렇다 치고 민서, 평화, 욱현만큼은 반드시 책임져야 했다.

욕심 때문에 무려 스톤 30만 개짜리 아이템을 받은 게 아니다. 이들을 지켜야 하기 때문에 받았다.

앱서버들이 얼마나 강할지 모른다. 마인이 된 앱서버들은 군대까지 궤멸시키고 있는 와중이다.

그나마 다행인 건 이성을 잃고 마음대로 날뛰고 있다는 것 정도였다. 만약 마인이 된 앱서버들이 정신을 차리고 자기들끼리 연합한다면 정말 골치 아팠을 것이다.

현석이 말했다.

"조만간 유럽으로 건너갈 거야."

그리고 그날이 왔다.

*　　　*　　　*

인하 길드는 '현질'이 가능한 거의 유일한 길드라고 봐도 됐다. 인하 길드만큼 몬스터스톤을 많이 소유하고 있는, 또 앞으로 소유하게 될 길드는 없었으니까.

그들은 세계 각지의 슈퍼 웨이브를 클리어했으며 세계 각국으로부터 몬스터스톤을 받기로 약조가 되어 있다. 덕분에 인하 길드의 전력은 과거와는 비교할 수 없을 만큼 막강해졌다.

광범위 공격과 특수 공격에는 하종원과 김욱현이 있고 대규모 집단전에 적합한 유민서가 있다. 그리고 여신의 아이 강평화와 개인전 최강이라 할 수 있는 홍세영도 있다.

최고의 트랩퍼인 이명훈도 함께 한다. 현석을 제외한 이 슬레이어들이 뭉치면 가히 현석과도 비슷할 정도의 막강한 화력을 뿜어냈다.

―**아리랑이 드디어 엘리자베스와의 전면전을 선포했습니다.**

사실상 엘리자베스와의 전면전이라고 하기에는 힘들었다.

아직까지 이성을 유지하고 있는 꽤 많은 수의 엘리자베스 소속 슬레이어가 아리랑으로 투항해 왔다. 자신들은 미치고 싶지 않다며 말이다.

―**마인들과의 전쟁. 그 최전선에는 세계의 영웅 플래티넘 슬레이어와 인하 길드가 함께하고 있다고 알려지고 있는 가운데……**

한국 국민들은 열광함과 동시에 걱정했다.

마인이 된 앱서버들은 엄청나게 강하다고 들었다. 적게는 수십 명에서, 많게는 수만 명의 사람을 학살하고 흡수하여 급속도로 강해졌다고 했다.

"플래티넘 슬레이어님께 무슨 일이 생기는 건 아니겠지."

"설마……. 그분은 플래티넘 슬레이어라고."

세계의 영웅을 넘어서서 세계의 구원자라고 불리는 플래티넘 슬레이어다. 아무리 마인이 된 앱서버라고 할지라도 감히 어쩌지 못할 거라고, 다들 그렇게 말했다. 그렇게 말하면서도 걱정했다.

"그래도 그놈들은 능력을 복사하고 또 흡수한다며. 흡수하는 만큼 강해지는데 수만 명을 먹어치우면… 엄청나게 강할 거 아냐."

"닥쳐. 말이 씨가 돼."

전 세계가 비슷한 반응을 보였다. 오죽하면 전 세계 최상위급 슬레이어들도 플래티넘 슬레이어의 행보를 숨죽이고 지켜봤다.

상당히 많은 숫자―약 1만 4천 명―의 아리랑 소속 슬레이어들이 유럽으로 향하기는 했으나 아직은 간만 보고 있는 수준이다.

지금까지 파악된 마인의 숫자는 약 300여 명. 얼핏 보면 많은 숫자라고 할 수 있겠지만 그렇게 많은 숫자라고 보긴 힘들었다.

단순히 한 국가에 300명이라면 어떨지 모르겠지만 유럽 대륙에서 300명이다. 한창 난리를 피우고 있어서 위치 파악은 어렵지 않았지만 모두가 상당한 거리를 두고 떨어져 있다.

아리랑 소속 슬레이어들은 일단 진만 짜고 대기하고 있는 중이다.

아리랑 소속 슬레이어들이 기다리고 있는 건 다름 아닌, 플래티넘 슬레이어의 움직임이었다. 가장 먼저 현석이 마인의 능력을 측정하기로 했다.

"일단 성자의 세트랑 천절검, 잠시 빌릴게."

현석은 일단 길드원들의 아이템을 받아 들었다. 처음에는 익숙하지 않은 아이템의 느낌이 낯설었지만 금방 익숙해졌다.

하종원이 말했다.

"스탯빨에 이어 이제 아이템빨까지 먹었네."

홍세영과 연수가 갑자기 그렇게 강해진 이유가 무엇이던가. 바로 규격 외 몬스터 검귀가 드롭한 아이템인 '천절검'과 '성자의 세트' 덕분이었다.

그 천절검과 성자의 세트를 현석이 착용했다. 거기다 민서의 팬던트 그리고 욱현의 반지까지도 받아 들었다.

그리고 혼자서 폴란드로 향하기로 했다. 혹시 모르니 인하 길 드원들은 잠시 한국에 머물기로 했다. 민서는 그것이 못내 걱정되는 듯했다.

"오빠, 조심해. 얼마나 강할지 몰라."

"괜찮아."

현석이 폴란드로 향했다.

*　　　　　*　　　　　*

마인의 모습은 실로 기괴했다. 분명 사람의 형태를 가지고는 있으나 머리에 두 개의 뿔이 달려 있었고 피부는 온통 새까맸다.

눈 역시 완전히 까만색이었으며 손톱과 발톱이 길게 자라난 모양새였다. 이성을 잃고 본능으로만 움직이는 것 같았다.

그는 쉴 새 없이 무언가를 중얼거렸다.

"죽… 인… 다……!"

현석이 마인에게 가까이 다가갔다. 이 마인은 폴란드에서 활동하고 있는 마인으로 약 6천 명을 죽이고 흡수했다고 알려져 있었다.

'먼저 얼마나 강한지 파악부터 해야 해.'

리나가 나타나지 않는 걸로 봐서 아마 목숨에 위협이 되는 적은 아닐 거란 느낌이 들었다.

현석이 마인의 능력치를 파악하기 위해 그와 부딪쳐 봤다.

"죽! 인! 다!"

마인이 달려들었다.

'움직임이 굉장히 단순해.'

마인이 손톱을 뻗으며 일직선으로 달려들었다. 현석은 그걸 피하려고 했으나 움직임이 생각보다 빨랐다.

순간적으로 움직임을 놓쳤다. 현석은 앞으로 뛰었다. 바닥에 세 바퀴 가량을 구르고 재빨리 일어섰다.

'너무 방심했어.'

이성을 잃고 본능적으로 행동하고 있다고 생각해서 변칙적인 공격은 하지 않을 줄 알았다. 그런데 단순한 공격만을 하는 건 아닌 것 같았다.

접근하는가 싶던 마인의 몸이 갑자기 사라졌다. 마인은 몸을 숙인 상태로 시야에서 벗어났다가 옆구리를 찌르려고 들었다. 현석이 아슬아슬하게 그 공격을 피해냈다.

'7천 명을 흡수한 앱서버의 능력은 이 정도인가.'

상대하는 것 자체는 그렇게 어렵지 않을 것 같았다. 맨몸으로 싸워도 충분히 이길 수 있다고 생각했다.

'인하 길드원들 전원이 잘 싸우면 슬레잉 가능하겠어.'

일단 7천 명을 흡수한 앱서버의 능력 파악은 대략적으로 끝냈다. 하나를 보면 열을 안다고, 현석은 대충이나마 느낄 수 있었다.

'인하 길드원들도 1만 명을 흡수한 마인은 상대가 가능하긴 할 것 같은데.'

문제는 그 이상의 사람을 흡수한 마인들이다. 1만 명을 넘게 죽인 마인의 숫자는 약 20명 정도로 파악되고 있으며 그중에서도 2만 명을 넘게 죽인 마인의 숫자는 3명이었다.

능력 파악을 끝낸 현석이 말했다.

"별다른 특수 스킬이나 능력은 없는 것 같습니다. 어쩐 일인지 카피는 사용하지 않고 있는 것 같고요. 이대로 슬레잉하겠습니다."

이 상황은 이미 실시간으로 아리랑의 지휘부에 전송되고 있다.

"제가 파악하기로는 한국 슬레이어들이 팀을 이룬다면 5천 명 이하를 흡수한 마인 정도는 상대할 수 있을 것 같습니다. 물론 조심해야겠지만요."

그리고 아리랑의 입장에서는 정말 진 빠지는 말을 하나 더 했다.

"죄송한 말씀이지만… 한국 외 다른 국가의 슬레이어들은 참여하지 않는 게 좋을 것 같습니다."

다른 국가의 슬레이어들이 들으면 기분 나쁜 말일지도 모르겠지만 사실이었다.

물론 목숨을 걸고 마인을 잡겠다고 나선다면 말릴 수는 없는 노릇이지만 그럴 슬레이어가 많을지는 의문이었다.

현석은 천절검을 들어 올렸다.

처음 사용해 보는 칼이지만 상급 체술의 힘 덕분인지 그렇게 어색하게 느껴지진 않았다.

현석은 마인의 목을 잘랐다. 마인의 목에서 피가 뿜어져 나왔다. 그 피는 검은색이었다.

'검은색 피라고……?'

목을 자르면서 현석은 그 피를 뒤집어썼다. 그때, 알림음이 들려왔다.

[레벨이 증가했습니다.]

레벨 업 알림음을 들은 지 얼마 안 된 것 같은데 레벨이 벌써 올랐다.

'그럴 리가?'

상태창이 없는 게 너무 답답했다. 아직 레벨 업하려면 한참 남았다고 생각하고 있었는데 벌써 레벨 업이란다. 그리고 또 다른 알림음도 들려왔다.

[(+)명성이 상승합니다.]

여기까진 그래도 익숙한 알림음이라고 할 수 있었다.

[검은 피가 신체에 접촉되었습니다.]
[대체 불가능한+1 신체가 저항합니다.]
[대체 불가능한+1 칭호가 저항합니다.]
[저항 성공률 100퍼센트 판정.]

그리고 그 알림음과 동시에 현석의 몸을 뒤덮었던 검은색 피가 바람결에 날리듯 그 자리에서 증발해 버렸다.

'도대체 뭐지?'

대체 불가능한 신체와 칭호가 저항했다고 했다.

'신체와 칭호가 없을 시에는 어떻게 되는 거지?'

*　　　*　　　*

이탈리아 출신의 24세 여성 이바니아는 눈을 떴다. 여느 때와 다름없이 눈을 떴다고 생각했다. 침대에서 일어나 창문을 열었다.

'눈부셔.'

그런데 뭔가 이상했다.

손에 무언가 끈적끈적한 것이 묻어 있는 기분에 손을 내려다봤다.

"꺄아아악!"

그녀의 손에 시뻘건 피가 묻어 있었다. 당황스러움에 주위를 둘러보니 풍경이 바뀌어 있었다. 이곳은 자신의 방 안이 아니었다.

"마, 말도 안 돼……."

너무 놀라 다리에 힘이 풀린 그녀는 바닥에 철푸덕 주저앉았다.

바닥 역시 끈적거렸다. 그리고 질척거렸다. 모두 피 때문이었다.

그녀의 주위는 온통 시체더미 뿐이었다.

"여, 여기는……."

마치 누군가 머릿속에 영화필름을 재생하고 있는 것처럼 상황들이 급속도로 떠오르기 시작했다.

그녀는 머리를 감싸 쥐고 무릎을 꿇었다.

'괴로워. 누가 날 좀 여기서 꺼내줘.'

한참이나 비명을 지르고 현실을 부정해 봤지만 현실은 바뀌지 않았다.

침대에서 일어나 창문을 열었던 것은 그녀의 환상이었다. 그녀가 연 것은 창문이 아니었다. 남자의 얼굴을 양 옆으로 찢어버렸던 것이었다.

이곳은 지하 대피소였다. 그녀는 지하 대피소에 숨어 있던 사람들을 갈기갈기 찢어 죽였다.

"내가 한 게 아니야. 내가 그런 게 아니야. 아니라고……."

그녀는 믿을 수 없는 현실에 한동안 일어서지 못하고 흐느꼈다.

"나, 나는… 나, 나는……."

기억들이 돌아오기 시작했다. 잠시 정상으로 돌아왔었던 그녀의 눈이 다시 까맣게 물들기 시작했다. 이바니아가 일어섰다.

"나는 이바니아다."

그녀의 입가에 미소가 걸려 있었다.

이바니아, 이탈리아에서 발견된 약 2만 명의 사람을 죽인 앱서버의 이름이었다.

그녀의 귓가에 알림음이 들려왔다.

[써드 앱서버로의 전직이 가능합니다.]

그녀는 혼자서 중얼거렸다.

"배가 고파. 뭔가 맛있는 것이 있으면 좋겠어."

잘은 모르겠는데 맛있는 냄새가 난다. 그녀는 북쪽으로 정처 없이 걷고 또 걸었다. 그녀의 걸음은 폴란드로 향하고 있었다.

아리랑에서도 이상 징후를 포착했다.

"이바니아. 시속 100㎞가 넘는 속도로 북진 중입니다."

CHAPTER 2

아리랑은 한, 미, 중, 일이 중심이 된 세계기구다.

슬레이어의 질은 한국이 제일 높고 과학 기술력은 미국이 제일 높다. 그리고 유럽의 상황은 위성으로 실시간으로 감시하고 있다.

모두는 아니지만 200여 명가량의 마인의 위치를 이미 파악하고 있는 중이다.

이들이 마음먹고 숨는 것도 아니고 여기저기서 활개 치며 학살을 자행하고 있기 때문에 쉽게 파악할 수 있었다.

그런데 두 가지 문제가 발생했다.

"이바니아가 빠른 속도로 북진 중입니다."

그 속도가 무려 시속 100㎞.

천천히 흐느적거리면서 걷는 것 같은데 속도가 가히 엄청났다. 또 하나의 문제점은 2만 명을 넘게 죽인 마인 3명 중 1명의 위치를 놓쳤다는 것에 있었다.

"클라라, 위치 놓쳤습니다. 재탐색 중입니다."

뭔가가 바뀌었다. 이바니아의 경우는 대놓고 북진을 선택했다. 일직선으로 달려가는 그 코스를 분석하여 보니 아무래도 체코를 넘어 폴란드로 향할 것 같았다.

이바니아가 달려가는 그 코스의 끝에는 플래티넘 슬레이어가 있었다.

그에 반해 클라라는 갑자기 사라졌다. 도저히 찾을 수가 없었다. 무언가 특별한 스킬을 익혀 비가시 상태에 접어들었거나 어떤 술수를 쓴 것 같다.

현석에게도 무전 연락이 갔다.

—2만 명을 넘게 죽인 대마인 이바니아가 그쪽으로 향하고 있는 것 같습니다. 동선이 그쪽을 향하고 있습니다. 현재 이탈리아의 볼로 근처를 지나고 있습니다. 지금의 속도로 계산하면 약 7시간 후 폴란드 비드고슈치에 도착 예정입니다.

현석은 생각에 빠져들었다.

'대마인이라.'

2만 명을 넘게 죽인 앱서버를 대마인이라고 부른다. 대마인은 3명이 있다. 그중 한 명이 바로 이바니아다.

—또한 현재 대마인 중 한 명인 클라라의 모습이 보이지 않습니다. 만약 이바니아와 같은 행동을 보인다면 플래티넘 슬레이어를 향해 움직이고 있을 확률이 높습니다.

클라라는 노르웨이의 트론헤임 근처에서 발견된 이후 모습을 감추었다.

직선거리로는 현석이 있는 폴란드 비드고슈치로부터 약 1,000㎞ 넘게 떨어져 있지만 중간에 발트해가 가로막고 있어 현석에게 도달하려면 대륙을 빙 돌아서 와야 했다.

스웨덴, 핀란드, 라트비아, 리투아니아를 거쳐 폴란드로 오게 되면 시간이 상당히 걸릴 것이라 예상됐다.

현석이 물었다.

"또 다른 대마인은요?"

또 다른 대마인의 이름은 니콜라스.

이 역시 2만 명 이상을 죽인 마인인데 지금은 스페인의 바르셀로나 지방에서 먹잇감을 찾아 어슬렁거리고 있다고 했다. 그러니까 지금 이상 징후를 보이고 있는 것은 이바니아와 클라라, 이 두 명이라는 얘기였다.

'지금 여기서 부딪쳐야 하나?'

대마인. 사실 현석도 긴장이 된다. 7천 명을 흡수한 마인이 인하 길드원들보다 조금 약한 수준이었다.

슬레이어라는 것이 원래 상대보다 조금만 더 강해도 손쓸 수 없는 상대가 되어버린다. 방어력, 공격력, 명중률, 회피율의 개념이 적용되고 있어서 그렇다.

'2만 명이라……'

그런 의미에서 2만 명을 죽인 대마인이 얼마만큼 강할지는 알수 없었다. 무엇보다도 1,000㎞가 넘는 거리를 격하고서 이쪽으로 향해 달려오고 있단다.

이쪽을 느끼고 있다는 것은 참으로 놀라운 일이라 할 수 있었다.

'여기서 부딪친다.'

시속 100㎞ 정도의 속도로 이동 중이라고 했다. 어차피 어디를 가도 쫓아올 거다. 그렇다면 지금 아이템을 갖추고 있을 때에 맞부딪치는 게 나을 거라는 판단이다.

마침 주위에는 보호해야 할―평소에는 도움이 되지만 대마인쯤 되는 앱서버와 싸울 때에는 짐만 되는―인하 길드원들도 없다. 대신 믿음직한 우군이 한 명 있었다.

"리나."

활이 입술을 삐죽 내밀었다.

"활이도 다정하게 불러주세요, 주인님."

현석은 활의 머리를 한 번 쓰다듬었다. 그것만으로도 활은 기분이 좋은지 배시시 웃었다. 리나가 모습을 드러냈다.

그런데 현석이 예측하지 못한 상황이 벌어졌다. 쪽, 소리가 났다. 리나가 나타나자마자 난데없이 현석의 볼에 키스를 한 거다.

그녀가 진지한 얼굴로 말했다.

"이것은 인사다."

아무래도 어디서 또 이상한 것을 배워온 것 같았다.

예전에는 '이것이 바로 애교라는 것이다'라고 진지한 얼굴로 말해서 황당했던 적이 있었는데 이번에는 볼 뽀뽀가 인사란다.

현석이 말했다.

"아무래도 뭔가가 오고 있는 모양이야."

리나가 눈을 잠시 감았다. 현석은 움찔했다. 리나의 몸에서 아지랑이가 피어오르고 있었기 때문이다.

저 모습은 리나가 전체 힘을 개방했을 때에만 나오는 모습이다. 실제 아지랑이는 아니지만 분명 느껴지는 저 아지랑이.

심지어 지금은 머리카락도 거의 붉은빛에 가깝게 활활 타오르고 있었다.

"그대의 잘못이 크다."

"…뭐라고?"

"그대는 그대의 매력적인 수컷향을 도대체 어디까지 흩뿌리고 다니는 거지? 그대는 그대 스스로가 얼마나 빛나는 남자인지 자각을 해야 할 필요가 있다. 그대가 나쁘다."

현석은 황당해졌다.

"…무슨 말이야, 도대체?"

리나가 인상을 찡그렸다. 활이 활짝 웃었다. 활이 리나의 마음을 대변해 줬다.

"발정 난 암컷이 마구 달려들고 있어! 라고 주장하는 것 같은 표정이에요, 언니."

그렇게 말한 활은 리나와 눈이 마주치자 움찔 놀라서 현석의 뒤에 숨었다.

현석은 이제야 알 수 있었다. 지금 이곳으로 접근하고 있는 마인은 이탈리아 출신으로 20대 중반의 여성이다.

'그런 의미인가.'

다시 물었다.

"리나, 너는 그게 느껴져?"

"아직 확실하지는 않지만 이쪽을 향해 빠른 속도로 오고 있는 것 같은 느낌이 든다."

현석은 피식 웃고 말았다. 대략 1,000㎞는 떨어져 있을 텐데 그걸 느낀다는 게 참 신기했다. 트랩퍼도 아니고 말이다.

"그럼 여기서 기다려 보기로 할까?"

활이 고개를 갸웃했다.

"리나 언니는 계속 여기 있네요? 혹시 견제예요?"

"……."

리나가 아무런 말도 하지 않자 활이 뿌듯한 얼굴로 고개를 끄덕였다.

"역시 아름다운 여성화가 진행되고 있는 활이를 견제하는 것이 틀림없군요!"

리나가 단호하게 말했다.

"틀렸다. 재고의 가치도 없군."

*　　　　　*　　　　　*

약 7시간이 흘렀다.

현석은 마음의 준비를 마쳤다. 마인들에게는 군대도 소용이 없다. 마인을 죽이려면 적어도 폭격이나 심하게는 핵이 동원되어야 할 거다.

현석은 혼자서 대마인을 맞이하기로 했다.

싸한 바람이 불었다. 현석은 뭔가 이상함을 느꼈다. 리나가 말했다.

"오고 있다."

아리랑의 예측 그리고 리나의 감은 맞아떨어졌다. 대마인 이바니아가 현석을 향해 달려온 게 맞았다.

이바니아의 입에서 침이 질질 흘러 나왔다.

"너… 뭐야?"

팔목으로 침을 닦았다. 현석은 적잖이 놀랐다.

'말을 하고 있다고?'

마인들은 이성을 잃고 짐승처럼 변하는 게 정상이었다. 당연히 말도 하지 못한다.

그런데 이 여자는 영어를 모국어처럼 말하고 있었다. 그것도 자연스럽게…….

현석이 영어로 물었다.

"너는 누구지?"

"나?"

이바니아가 실실 웃었다.

"내 이름은 이바니아야."

이름도 똑바로 대답했다.

'이름 역시 정확하게 기억하고 있어.'

처음에는 완전히 정신병에 걸린 미친 여자처럼 보였는데 시간이 조금 지나자 이바니아는 점차 정상적으로 돌아왔다. 서 있는 자세도 온전했다.

"너, 맛있어 보여."

이바니아가 혓바닥으로 입술을 핥았다. 그러고는 몸을 부르르 떨더니 양팔로 자신의 몸을 꽉 껴안았다.

"흥분되어 미칠 것 같아."

몸을 바들바들 떨었다.

현석의 예리한 청각이 어떤 소리를 확실히 잡아냈다. 현석의 눈이 소리가 나는 곳으로 향했다. 현재 이바니아는 넝마가 되다시피 한 하얀색 핫팬츠를 입고 있었다. 핫팬츠 아래로 투명한 물이 뚝뚝 흘러내렸다.

리나가 현석의 앞을 막아섰다.

"더러운 계집이구나."

분위기 파악을 못 한 활이 얼레리꼴레리하고 놀렸다.

"주인님, 쟤 오줌 쌌어요. 오줌싸개래요! 활이도 오줌 같은 건 안 싸는데!"

활은 좋은 구경거리를 발견한 듯 깔깔대며 웃었지만 그 웃음은 오래가지 못했다. 리나와 이바니아가 격돌했기 때문이다.

＊　　　＊　　　＊

아리랑도 이제 리나의 존재를 안다. 정확한 정체는 잘 모르지만 현석이 위험할 때면 어김없이 나타나 도움을 주는 플레티넘 슬레이어의 그림자 정도로 인식하고 있었다.

―이바니아와 리나가 격돌했습니다.

아리랑 지휘부에서 위성으로 전황을 살피고 있었지만 제대로 보이지 않았다.

원형의 기파가 곳곳을 휩쓸고 건물이 부서지는 것으로 보아 여기저기서 부딪치고 있는 모양인데 위성으로는 안 보였다. 아마 초고속 카메라를 동원해야만 살필 수 있을 것 같았다.

"엄청나군……."

"아예 모습이 잡히지도 않아."

방해를 받은 이바니아가 말했다.

"저리 꺼져. 난 저 맛있는 남자를 먹어치워야겠으니."

"음란하고 더러운 계집의 입에 내 부군을 올리지 마라. 미천한 계집."

현석은 잠시 사태를 지켜봤다.

일단 둘이 워낙에 가공할 만한 속도와 힘으로 싸우고 있어서 끼어들 타이밍을 좀처럼 잡지 못했다. 괜히 잘못 끼어들었다가 리나의 동선을 방해할 가능성도 농후했다.

타깃팅을 정확하게 설정해서 폭풍으로 도와주면 되지만 잠시 지켜보기로 했다.

완전히 정상은 아닌 것처럼 보이지만 어쨌든 지성을 되찾은 대마인의 공격 성향과 스타일을 파악하기 위해서다.

리나도 잘 싸우고 있으니 괜찮을 것 같았다.

활이 바들바들 떨며 현석의 옷자락을 꾹 잡았다.

"리나 언니는 평소에도 무섭지만 오늘은 더 무서워요."

어차피 실체가 없어 공격당하지도 않으면서 뭐가 그렇게 무서운 건지 활은 잔뜩 쫄아 있었다.

'움직임은 세영이보다 빨라. 저 정도로 빠르면 우리 애들한테는 확실히 위험해. 대마인은 무조건 내가 상대하는 걸로 해야겠군.'

자신감도 어느 정도 생겼다. 압도적인 강함으로 찍어 내리기는 힘들 것 같다. 애초에 리나와의 능력 차이가 '엄청나다'라고 표현할 정도는 아니니까.

'아니지. 지금은 각종 아이템으로 무장하고 있으니 그렇게 어려울 것 같진 않아.'

대략적인 파악을 마쳤다. 그렇다면 이제 실제로 부딪쳐 볼 때다.

"리나, 내가 싸울 테니 들어가 있어."

"그럴 수 없다. 나는 그대를 위해 목숨을 바칠 각오도 되어 있지만 오늘만큼은 그대의 말을 따를 수 없다."

리나가 처음으로 현석의 말을 거부했다.

리나의 몸에서 아지랑이가 계속 피어올랐다. 아니, 이제 아지랑이 수준이 아니라 스팀이 피어오르는 것 같았다.

"저 음탕한 계집은 감히 나의 부군을 상대로 입에 담지도 못할 저급한 말들을 내뱉었다. 나는 나를 모욕하는 것은 참을 수 있어도 그대를 모욕하는 것은 결코 좌시할 수 없다."

현석도 중간중간 들었다. 맛있을 것 같다느니, 시체를 갈기갈기 찢어 삼키고 피 한 방울 남김없이 마시고 싶다느니, 그런 말들이었다.

이바니아는 확실히 이상하긴 했다. 리나와의 격돌 와중에도 중간중간 몸을 부르르 떨며 소변을 흘렸었다.

그들의 격돌을 본 활의 몸집이 굉장히 작아졌다. 어린 아이의 모습을 지나 작은 인형의 모습으로 변해 현석의 바지 주머니에 쏙 들어갔다.

"화, 활이는요… 오늘 리나 언니가 제일 무서워요."

그리고 바지 주머니 안에 완전히 숨어버렸다.

현석은 리나를 말려야 하나 말아야 하나 잠시 고민하다가 이내 내버려 두었다. 지금으로서 변수는 하나밖에 없다. 노르웨이에서 마지막으로 발견된 클라라.

하지만 아무리 빠른 속도로 달려온다고 해도 아직 도착하려면 멀었다.

'잠시… 지켜보도록 할까.'

만약 여기서 끼어들었다가는 리나가 평생 원망할 것 같은 그런 기분이 들었다.

리나와 이바니아가 다시 격돌했다. 둘이 격돌하자 주위는 완전히 폐허가 되어 버렸다.

시간이 좀 더 흘렀다.

아리랑에서 실시간으로 각국 유니온장들을 향한 보고가 올라갔다.

"플래티넘 슬레이어의 모습이 잡히지 않습니다! 가, 갑자기 사라졌습니다!"

*　　　　*　　　　*

처음에는 얼마간 그냥 지켜만 봤다. 가만히 지켜보고 있다 보니 굉장히 좋은 기회가 왔다. 그래서 현석은 주저 없이 몸을 던졌다.

현석은 리나가 이렇게 진심으로 싸우는 모습을 처음 봤다. 검귀와 싸울 때와는 약간 다른 느낌이다.

천절검을 휘둘렀다.

슥 무언가가 걸리는 느낌이 났다.

"꺄아아아악!"

이바니아가 비명을 질렀다. 목을 노렸는데 목이 아닌 왼팔을 잘랐다. 완전히 자른 게 아니라서 이바니아의 왼팔이 덜렁거렸다.

"내, 내, 내 팔이! 내 팔이! 내 팔이!"

비명을 지르는 와중에 리나가 이바니아의 팔을 완전히 뜯어냈다.

검은색 피가 분수처럼 쏟아졌다. 이때가 기회다.

현석이 몸을 날려 검은 피를 고스란히 뒤집어썼다. 덕분에 리나에게는 한 방울도 튀지 않았다.

[검은 피가 신체에 접촉되었습니다.]

[대체 불가능한+1 신체가 저항합니다.]

[대체 불가능한+1 칭호가 저항합니다.]

[저항 성공률 70퍼센트 판정.]

H/P가 깎이기 시작했다. 물론 수치상으로, 현석의 H/P는 사라졌었다. 그러나 느껴졌다. H/P가 분명 깎이고 있었다. 한 번에 확 깎인 것이 아니라 조금씩 떨어져 내렸다.

힐도 듣지 않았다. 가슴속 한 구석이 텅 빈 것 같은 느낌이 들었다.

정확한 수치는 몰라도 H/P가 꽤 많이 떨어진 것 같았다.

'회복도 안 되는 것 같고.'

H/P는 회복이 되지 않는다는 느낌을 받았다.

'영구적이지 않기를 빌어야지.'

그때 또 다른 알림음도 들려왔다.

[대체 불가능한+1 칭호가 마성에 저항합니다.]

[마성이 일부 작용합니다.]

쿵!

심장이 갑작스레 한 번 작은 폭발을 일으킨 것 같은 느낌이 들었다.

'마성에… 영향을 받았다.'

여태까지 직접적인 영향은 없었다. 그러나 이번엔 달랐다. 확실히 뭐라고 말하기는 힘들어도 순간 이상한 느낌을 받았다.

'그 외에 다른 징후는 아직 없어.'

다행이라면 다행인 일이었다.

현석은 천절검을 가로로 휘둘렀다. 이바니아의 허리를 정확하게 베었다. 무엇이든 쉽게 잘라 버리는 천절검이지만 무언가 걸리는 느낌이 잠깐 들었다. 아무래도 척추뼈인 것 같았다.

이바니아의 상체와 하체가 분리됐다. 주인을 잃은 하체가 바닥에서 불규칙하게 꿈틀거렸다.

상하체가 분리된 이바니아가 말했다.

"나는… 나는 너를 먹어야 해… 먹을 거야……."

한쪽 남은 팔을 다리 삼아 현석을 향해 기어왔다. 내장이 쏟아져 나왔다.

이바니아의 손이 현석의 발등에 닿았을 때, 이바니아의 몸이 축 늘어지며 미라처럼 변했다. 마치 누군가에게 흡수라도 당한 것처럼 말이다.

현석이 말했다.

"네가 끼어들지 말라고 했지만 끼어들 수밖에 없었어."

"⋯⋯."

리나는 왠지 화가 난 기색이다. 그래서 현석은 미리부터 준비했던 멘트를 날렸다. 간만에 예전에 써먹던 멘트였다.

일반적인(?) 사람들이 하거나 들으면 분명 오그라드는 말인데 현석은 아무렇지도 않게, 어깨를 으쓱하며 말했다.

"세상에 어느 남자가 자기 여자가 위험한 일에 뛰어드는 걸 보고만 있겠어?"

제3자가 들으면 어떤 반응을 보일지 모르겠다만 어쨌든 리나에게 있어서 효과는 매우 컸다.

현석의 말을 들은 리나의 눈이 커졌다. 표정 변화가 별로 없는 리나인데 이번에는 표정 변화가 두드러졌다.

리나의 근엄하기만 했던 얼굴에서 붉은빛이 피어오르기 시작했다. 이글이글 타오르던 아지랑이는 어느새 가라앉았다. 리나는 괜스레 발끝으로 땅바닥을 톡톡 쳤다.

"그, 그런 말은 들어도 하나도 기쁘지 않다."

현석의 주머니 속에 숨어 있던 활이 고개를 살짝 내밀었다. 그리고 자신감이 생긴 듯 말했다.

"거짓말!"

왠지 지금의 리나 언니는 무섭지 않았다. 조금 함부로 대해도 될 것 같은 느낌이었다.

＊   ＊   ＊

국제기구 아리랑.

현재 아리랑의 대표를 맡고 있는 박성형에게 보고가 올라갔다.

"플래티넘 슬레이어가 이바니아를 죽이는 데 성공했습니다!"

아리랑은 그 사실을 대대적으로 홍보했다.

현 시대에 있어서 가장 무서운 것은 질병도 아니고 몬스터도 아니었다. 바로 마인이 된 앱서버들이었다. 그 앱서버들 중에서도 가장 강하다는 대마인을 죽였다. 그것도 혼자서 말이다.

'이러한 세계일수록 영웅은 반드시 필요한 법이야.'

레드돔을 거치면서 현석은 영웅의 굴레에서 도망치지 않겠다고 했다. 물론 거창하게 '저는 영웅의 이름이 갖는 무게와 굴레에서 벗어나지 않겠습니다'라고 말을 한 건 아니지만 어쨌든 성형은 현석의 심경 변화를 충분히 알아차렸다.

성형이 생각하기에 현석은 이 시대의 진정한 영웅이 되어줘야 했다. 단순히 사람들을 돕는 위대한 성자가 아니라 정말로 이세계를 구원할 수 있는 강력한 힘을 가진 영웅이 필요했다.

아리랑에서 약간의 편집을 거친 뒤, 전 세계에 실시간으로 플래티넘 슬레이어의 영상을 공개했다. 물론 끔찍한 장면은 모자이크 처리되었다.

사람들은 그 장면을 끔찍하다고 생각하기보다는 오히려 환호

했다.

그들에게 있어서 마인은 사람이 아니라 몬스터였다. 그것도
가장 강하고 위험한 몬스터. 지하 대피소까지 들어와 사람들을
학살하는 끔찍한 몬스터 말이다.

현석에게 알림음이 들려왔다.

[(+)명성이 대폭 상승합니다.]
[(+)명성이 대폭 상승합니다.]
[(+)명성이 대폭 상승합니다.]

처음 듣는 알림이었다. 그냥 상승이 아니라 대폭 상승, 그것도
한 번이 아니라 세 번이나 들려왔다. 그와 동시에.

[(―)명성이 대폭 상승합니다.]

(―)명성이 대폭 상승한다는 알림음이 한 번 더 들려왔다. 그
게 끝이 아니었다.

[(+)명성, 1차 한계치에 도달합니다.]
[매우 위대한 업적으로 인정됩니다.]
[보상을 판정합니다.]

시간이 흘렀다. 시간이 오래 걸리면 걸릴수록 그 보상이 커진
다. 현석은 그걸 여태까지 경험해 왔다.

'이번에도 시간이 제법 오래 걸리네.'

명성에 관한 직접적인 보상은 이번이 처음이었다.

['대체 불가능한+1' 칭호가 '대체 불가능한+2' 칭호로 상향 조정됩니다.]

칭호가 업그레이드됐다. 예상 밖의 수확이었다.

명성은 칭호 효과를 증폭시켜 주는 역할을 해준다고 했다. 단순히 증폭이 아니라 아예 칭호를 강화시켰다.

[대체 불가능한+2 칭호가 마성에 저항합니다.]

마성의 영향을 받는다는 알림음이 없어졌다. 그리고 또다시 알림음이 이어졌다.

[모든 상태 이상을 치유합니다.]
[저항 등급 미만의 상태 이상에 완벽하게 저항합니다.]
[저항 등급: 유니크.]

현석은 다시 느꼈다. 아까 검은 피를 뒤집어쓰고 떨어져 내렸던 H/P가 회복된 느낌이었다.

"활아, 내 느낌이 맞아? H/P 회복된 거?"

—맞아요. 대체 불가능한+2 칭호의 힘이어요.

대체 불가능한+2 칭호의 효과가 정확하게 뭔지는 모르더라도 한 가지는 확실히 알았다.

'상태 이상'에는 완벽하게 저항한다고 했다.

"저항 등급이 유니크라는 말은 유니크 등급의 공격에 대해서는 모든 상태 이상에 저항한다는 뜻이야?"

어느새 자신감을 되찾은 활은 현석의 주머니에서 빠져나와 다시금 여고생의 모습을 갖췄다.

리나는 여전히 얼굴이 붉어진 상태이며 뭐가 그렇게 부끄러운지 머리카락을 배배 꼬고 있었다. 아무래도 다른 세상에 잠깐 갇혀 있는 것 같은 그런 기분이었다.

"유니크 등급 미만의 모든 공격, 그러니까 상태 이상을 초래하는 모든 공격에 완벽하게 저항하실 수 있어요!"

"유니크 등급 미만의 공격이 어떤 공격인데?"

"제가 가진 현재 정보에 의하면……."

활은 힐끗 쳐다봤다. 리나의 상태를 확인한 활이 다시 말했다.

"리나 언니의 유혹 스킬 외에는 유니크 등급이 발견되지 않은 것 같아요. 아참. 검귀 같은 경우는 잘 모르겠어요. 분명 유니크 등급 이상의 공격을 했을 텐데… 저는 검색이 안 돼요."

"아… 그래?"

여태까지 만났던 가장 강한 몬스터를 두 가지 꼽으라면 역시 검귀와 리나다.

리나는 그녀가 말하는 '그날'이 오게 되면 사냥감으로 정한 수컷보다 무조건 강해지도록 설정된다고 했다.

그러니까 '그날'을 지나게 되면 리나는 언제나 현석보다 강해진다는 뜻이다.

"그러니까 현재까지 유니크 등급의 공격은… 리나의 유혹밖에는 없었다는 소리네."

이걸 좋아해야 할지 말아야 할지 잘 모르겠다.

두 번은 어찌어찌 잘 넘겼는데 이 다음은 자신이 없다. 정말로 리나를 죽여야 하는 상황이 오게 될 지도 모른다.

"그, 그대? 나를 지금 불렀나?"

"아니어요! 언니. 저는 언젠가 주인님의 암컷… 아니, 주인님의 여자가 되고 말 것이에요. 오늘은 졌지만 다음에는 꼭 이기도록 하겠어요!"

*　　　　*　　　　*

클라라는 노르웨이 출신의 여성이다. 분명 과거의 이름은 그랬다.

"맞아. 나는 클라라였어."

그러나 지금은 아니다. 다른 느낌이 든다.

처음에 그녀는 이 세상이 싫었었다. 그녀는 우울한 학창 시절을 보냈으며 자살을 세 번이나 시도했었다.

그런데 이제 세상은 바뀌었다. 처음에는 적응을 잘 못 했다.

물론 이 광경은 머릿속으로 여러 번 꿈꿔왔고, 꿈으로도 여러 번 봤던 광경이기는 했다.

수많은 사람을 죽이고 그 시체 위에 앉아 밝게 웃는 모습, 하지만 그건 어디까지나 망상에 불과했었다. 과거엔 말이다.

'하지만 이제 아니야.'

클라라는 한 뚱뚱한 남자의 시체 위에 앉아 씨익 웃었다. 이제 과거의 클라라는 여기 없다. 새로운 클라라만 여기 있다.

써드 앱서버라는 알림음을 듣고 난 이후로 세상이 아름답게 변했다.

"아……."

그녀는 양팔을 벌리고 하늘을 쳐다봤다. 하늘은 푸르고 맑았다. 피비린내가 느껴졌다. 상쾌했다.

"나는… 이 세계가 너무 좋아."

언젠가 정신을 차려보니 자신은 사람들을 맘껏 죽이고 있었다.

자신을 괴롭히던 사람들, 왕따를 당하는 것은 그럴 만한 이유가 있다며 빈정거리던 사람들.

정확하게 기억은 안 나는데 아마 다 죽였을 거다. 눈에 띄는 모든 것을 죽였었으니까.

"이 세계는 내 거야."

그런데 뭔가 이상했다. 배가 고팠다. 정확하게 말하자면 단순히 배가 고픈 느낌은 아니었다. 뭔가가 필요했다. 뭔가를 먹고 싶었다. 그녀는 그 뭔가가 무엇인지 알 수 있었다.

'나를 부르고 있어.'

누군가 손짓하고 있는 것 같았다. 그래서 움직였다. 누군가가 자신을 부르는 게 분명했다.

그런데 또 이상한 기분이 들었다. 누군가가 자신을 훔쳐보고 있는 것 같은 괴상한 느낌이었다.

기분 나쁜 느낌에 그녀는 은신 스킬을 사용했다.

"기분 더럽군."

하늘을 쳐다봤다.

맑기만한 하늘이었는데, 저 하늘 어딘가에 위성이 떠 있을 거라고 생각하니 치욕스러웠다.

"하찮은 놈들 주제에 감히 날 지켜봐?"

이제야 기분 나쁜 기시감의 정체를 알 수 있었다. 아무래도 국제기구 아리랑인지, 그도 아니면 미국인지, 하여튼 위성을 가진 누군가가 자신을 보고 있을 것이 확실했다.

그녀는 계속해서 걸음을 옮겼다. 모르는 길이지만 길을 만들면서 갔다. 벽이 있으면 벽을 부쉈다. 그리고 한 곳에 도착했다.

도착한 그곳에는 거대한 힘을 가진 두 슬레이어가 싸움을 벌이고 있었다. 그녀는 은신을 쓴 상태로 조심히 상황을 지켜봤다.

'하……'

괜히 몸이 달아올랐다. 그 이유는 저 남자 때문이었다. 검은색 머리카락을 가진 동양인.

그녀의 심장이 쿵쾅쿵쾅 뛰었다. 먹고 싶었다. 저 팔다리를 잘라 입속에 넣고 질겅질겅 씹고 싶었다.

'눈알은 얼마나 맛있을까……'

몸이 부르르 떨려왔다. 팬티가 축축하게 젖는 느낌이 들었다. 그러나 그녀는 그 느낌조차 알아차리지 못할 만큼 저 남자에게 시선을 빼앗겼다.

'저 여자는… 나와 동류야.'

클라라는 이바니아를 보자마자 느꼈다. 저 여자는 앱서버다.

그리고 세간에서 대마인이라 불리는 여자임에 틀림없었다.

그녀는 기회를 실폈다. 이대로 그냥 부딪쳤다가는 저 맛있는 남자를 먹을 수 없을 거란 확신이 들었다.

'나는 저렇게 무식하지 않아. 먹고 싶어, 먹고 싶어, 먹고 싶어!'

그녀는 충동을 겨우겨우 억누르며 상황을 계속해서 지켜봤다. 기다리면 기회가 분명 올 거라고 생각했다. 지금 싸우고 있는 저 대마인을 흡수하게 되면 아마도 저 남자보다 강해질 수 있을 거란 확신이 들었다.

그리고 기회가 왔다. 여자의 몸이 분리됐다. 그리고 그때, 클라라는 몰래 다가가 여자를 흡수했다. 엄청난 힘이 느껴졌다. 여자의 몸이 말라비틀어졌다.

아무래도 저 남자는 자신의 존재를 눈치채지 못한 것 같았다. 사실 남자보다는 붉은 머리카락을 가진 여자가 더 신경 쓰였었다. 그러나 지금은 괜찮았다.

그자는 뭔가에 홀리기라도 한 듯, 무슨 말을 중얼거리면서 땅바닥을 쳐다보고만 있는데 아무래도 지금은 제정신이 아닌 것 같았다.

'아… 이 얼마나 충만한 힘이야… 황홀해. 쌀 거 같다고.'

아랫도리가 뜨거워짐을 느꼈다. 자기도 모르게 오줌이 흘러나왔다. 하지만 전혀 부끄럽지 않았다.

남자의 뒷목이 보였다. 이대로 뒤통수에 손을 쑤셔 넣고 뇌를 파먹고 싶다는 충동이 강하게 일었다. 남자는 여전히 자신을 눈치채지 못한 것 같았다.

"그, 그대? 나를 지금 불렀나?"

남자의 뒤통수를 찌르려던 순간, 여자의 목소리가 들려와서 움찔 놀랐다. 손을 내리며 여자의 눈치를 살피니 다행히 자신을 눈치채지 못한 것 같았다.

그때 남자의 주머니에서 뭔가가 튀어나왔다.

"아니어요! 언니. 저는 언젠가 주인님의 암컷⋯ 아니, 주인님의 여자가 되고 말 것이에요. 오늘은 졌지만 다음에는 꼭 이기도록 하겠어요!"

그 말이 들려옴과 동시에 클라라는 남자의 뒷통수를 향해 손을 뻗었다.

＊　　　＊　　　＊

현석은 무언가 알싸한 느낌을 들었다. 차가운 성질을 가진 무언가가 뒷목을 향해 날아드는 느낌이었다. 순간 소름이 끼쳤다.

현석은 이렇다 저렇다 할 것도 없이 일단 몸을 앞으로 던졌다.

"큭!"

등에 짜릿한 통증이 이어졌다. 무언가가 등을 깊게 파고든 것 같은 느낌이었다. 등이 화끈화끈했다. 뜨거운 무언가가 등줄기를 타고 흘러내리는 느낌이 들었다.

'힐.'

그는 힐을 사용했다. 상처가 꽤 깊은 건지, 그도 아니면 '저 여자'의 특수 스킬인지 상처 회복이 평소보다 상당히 느렸다.

"하……. 맛있어. 맛있다고! 맛있어! 맛있어! 맛있어!"

현석의 눈에 한 여자가 보였다. 현석은 이 여자의 얼굴을 이미 파악하고 있다.

이바니아가 20대 중반의 늘씬한 여성이었다면 이 여성은 100㎏은 족히 넘을 듯한 육중한 체구를 가지고 있었다.

그 여자는 자신의 손에 묻어 있는 피를 혀로 핥으면서 오줌을 질질 흘렸다.

여자는 쉴 새 없이 중얼거렸다.

"좋아, 이 느낌이야. 이 느낌이야! 이 느낌이야! 좋아, 좋다고!!"

그와 동시에 리나의 일갈이 터져 나왔다.

"이 천박한 계집년이!"

소리만 지른 것이 아니다. 리나는 제대로 흥분해 여자에게 달려들었다.

"사형에 처한다!"

현석은 순식간에 상황을 파악할 수 있었다. 어쩐지 아까 이바니아의 시체가 너무 이상하게 없어졌다 했다. 미라처럼 말라비틀어지는 그 현상은 앱서버가 누군가를 흡수했을 때에 나타나는 현상이었다.

아무래도 이 여자, 그러니까 대마인 중 한 명인 클라라가 어떤 특수한 스킬을 사용하여 몰래 접근한 뒤 기회를 틈 타 이바니아를 흡수한 것 같았다.

'이바니아까지 흡수한 클라라라…….'

상황이 심각해졌다. 현석은 원래부터 '사기급'이었다. 그런데 거기에 또 다른 '사기급' 아이템들을 장착했다. 그럼에도 불구하고 꽤 큰 부상을 입었다. 피하지 않았다면 중상을 입었을지도 모를 일이었다.

현석은 마른침을 삼키며 몸을 움직이려 했다.

'큭.'

아직 회복이 완전히 되지 않았는지 고통이 느껴졌다. 아무래도 리나를 도우려면 조금 더 시간이 필요할 것 같았다.

'젠장, 눈에 보이지 않는 스킬이라니, 명훈이를 데려왔어야 했나.'

아니다. 클라라는 분명 이성이 있다.

명훈을 데려왔다면, 클라라는 명훈부터 노렸을 거다.

'상황이 어렵다.'

콰과광!

커다란 폭발음이 일었다. 보통은 현석이 몬스터를 때릴 때에 나는 폭발음이다. 그런데 이번에는 달랐다.

클라라의 주먹이 리나의 복부에 정확하게 닿았다. 리나는 그 주먹에 맞아 약 300미터를 날아갔다.

"흐흐… 흐흐흐… 이리와, 누나가 맛있게 먹어줄게."

저만치 멀리서 리나는 힘겹게 일어섰다.

리나의 입가에서 한줄기 핏물이 흘러나오고 있었다.

*　　　　*　　　　*

국제기구 아리랑.

사람들은 경악에 빠졌다. 대마인 이바니아를 죽이는 것을 보며 역시 플래티넘 슬레이어라며 모두들 감탄에 감탄을 했었다.

그런데 갑자기 나타난 클라리는 이바니아를 훨씬 넘어서는 수준의 마인인 것 같았다.

믿을 수 없는 분석 결과가 나왔다.

"아무래도… 발트해를 넘어 직선거리로 도달한 듯합니다."

클라라가 마지막으로 발견된 곳이 노르웨이 트론헤임이었다. 그래서 사실 안심하고 있었다.

현석이 있는 폴란드의 비드고슈치와는 거리가 상당히 멀었으니까.

"그렇지 않고서는 설명이 불가합니다. 발트해를 격해 날아온 것 같습니다."

"이것 보십시오."

그리고 영상 하나가 재생됐다.

발트해에 엄청난 물보라가 일었다. 마치 누군가가 발트해 위를 달리는 것처럼 말이다.

"약 3시간 전 영상입니다."

"비가시 상태에서 달린 것 같습니다."

미국 유니온장 에디가 버럭 소리를 질렀다.

"이걸 왜 이제야 보고를 하는 거야!"

"죄송합니다!"

육지가 아닌, 바다를 넘어 달려올 거라고 누가 상상이나 했겠는가. 애초에 사람이 바다를 달린다는 건 말이 안 되지 않는가. 그런데 대마인 클라라는 그걸 해냈다.

박성형도 긴급회의를 소집했다.

한, 중, 미, 일을 비롯하여 가입국의 유니온장들이 모였다.

미국 유니온장 에디가 입을 열었다.

"만에 하나라도……"

말하기가 조심스러웠다. 그러나 말을 하기는 해야 했다.

"정말 만에 하나 플래티넘 슬레이어가 패배한다면……"

그때는…….

"그때는 핵을 사용해야 할지도 모릅니다."

"……"

일반적 무기로는 소용없었다. 심지어 클라라는 같은 대마인이었던 이바니아를 흡수한 것으로 파악되고 있다. 핵이 아니면 클라라를 죽일 수 없다는 판단이었다.

"어차피 폴란드는 이미 사람이 살 수 없는 곳이나 다름없습니다. 만약 그런 상황이 펼쳐진다면 우리는 주저 없이 핵을 사용해야 할 겁니다."

차라리 대마인들이 유럽에 있을 때에 핵을 사용하는 것이 낫겠다는 게 아리랑 수뇌부들의 생각이었다.

그도 그럴 것이 아리랑 수뇌부에는 유럽 쪽 사람들이 거의 없었으니까. 아리랑 수뇌부들도 저런 괴물이 자국에 있게 된다는 건 결코 허용해서는 안 될 일이었다. 핵을 사용한다면 폴란드에 있을 때 사용해야 했다.

일본 유니온장 야마모토가 인상을 조금 찡그렸다.

"하지만… 미처 대피하지 못한 사람이 많습니다."

인도적으로 보면 절대 불가한 일이다.

핵을 사용하면 지하 대피소에 있는 사람들까지 몽땅 죽을 거다.

대마인 이바니아와 클라라가 무려 4만이 넘는 숫자를 죽였지만 지금도 지하 대피소에는 수십만 명이 넘는 사람이 벌벌 떨고 있다. 아리랑은 지금 그들을 모두 죽이겠다고 말하는 것이었다.

박성형이 말했다.

"만에 하나 플래티넘 슬레이어가 패배하게 된다면… 핵 사용도 적극 검토를 해야 한다고 봅니다. 플래티넘 슬레이어는 혼자서도 능히 한 나라를 제패할 수 있는 능력을 가졌습니다. 그런 플래티넘 슬레이어를 꺾은 대마인이라면… 솔직히 핵이 아니면 감당이 안 됩니다."

"……."

다들 대놓고 동의는 못 했지만 암묵적으로는 동의가 됐다. 만약 플래티넘 슬레이어가 패배하게 된다면 핵을 사용해야 했다. 핵 사용은 미국 측에서 맡기로 했다.

에디가 조심스레 말했다.

"그럴 일은 일어나지 말아야겠지만……."

만에 하나라도 플래티넘 슬레이어가 패배한다면.

"미리 준비를 해놓고 있겠습니다."

만약 정말로 그런 일이 벌어진다면 핵을 사용하기로 했다.

*　　　　　*　　　　　*

현석과 이바니아가 부딪쳤다.

"이거 뭐야? 따끔따끔하고 느낌이 이상해. 하… 좋아. 너무 좋아. 쌀 거 같아. 하으……!"

윈드 커터와 폭풍은 클라라에게 착실히 대미지를 입혔다. 그러나 커다란 대미지는 아니었다.

클라라의 옷이 전부 찢겨졌다. 완전히 알몸이 되어 버렸다. 그 알몸에 실핏줄이 생겨나기 시작했다. 핏방울이 여기저기 맺혔다가 폭풍에 의해 날아갔다.

"하… 좋아, 너무 좋아. 좋다고!"

클라라는 자신의 양 젖가슴을 주무르면서 침을 질질 흘렸다. 아무래도 폭풍이 입히는 광역 대미지는 오히려 클라라를 더 흥분시키는 것 같았다.

현석은 거기에 단일 마법 중에서는 가장 대미지가 강한 회오리를 발동시켰다.

"회오리."

던전마저도 파괴하는 높이 수백 미터의 회오리가 클라라를 덮쳤다.

"꺄아아아악!"

클라라는 비명을 질렀다. 그런데 그 비명 소리가 묘했다. 괴로워서 지르는 비명 같지가 않았다. 몸에는 생채기가 계속 생겨나고 피가 흐르는데 오히려 표정은 황홀해 보였다.

이쯤 되니 현석도 질릴 지경이었다.

'움직임을 묶기만 하면 돼.'

현석에게는 천절검이 있다.

저 대마인이 규격 외라면, 검귀 역시 규격 외 몬스터였다. 어떻게든 움직임만 묶은 다음 천절검을 휘두르기만 하면 어떻게든 될 것 같다.

그런데 약간 부족했다. 폭풍과 회오리. 윈드 커터, 그리고 리나가 클라라의 움직임을 제약하고 있는 것은 사실이나 친절검으로 공격하기에는 아주 조금 부족했다.

'내가 조금만 더 빨랐다면 벨 수 있을 텐데.'

아주 조금 아쉬운 그 느낌, 클라라 역시 이상함을 눈치챈 듯했다.

"그 칼, 뭔가 있는 거지? 뭔가 느낌이 안 좋아. 조심해야겠어."

어차피 서로 대화는 통하지 않는다. 그러나 대략 무슨 말을 하는 건지는 이해했다.

'너무 베는 것에만 집중했나.'

이제 더 힘들어지게 생겼다. 분명히 천절검을 의식할 테고 더 열심히 피할 테니까.

'진짜 조금, 아주 조금만 틈이 더 있으면 공격할 수 있을 텐데.'

육상 경기는 0.1초 차이만 하더라도 대단한 차이로 친다.

지금 현석이 그랬다. 딱 0.1초만, 누군가 0.1초만 클라라의 움직임을 묶는다면 천절검으로 클라라를 죽일 수 있을 거란 확신이 있었다.

그런데 여전히 상황은 안 좋았다. 시간이 흐르면 흐를수록 더 불리해지는 느낌이다.

'클라라가 자신의 힘에 점점 더 익숙해지고 있는 것 같아.'

*　　　　*　　　　*

인하 길드원들도 영상을 봤다.

민서는 입을 틀어막고 울음을 터뜨렸다. 이번에 나타난 대마인은 여태까지 상대했던 적들과는 궤를 달리하는 강함을 가지고 있었다.

그 엄청나다는 플래티넘 슬레이어가 성자 세트와 천절검으로 무장하고 있음에도 불구하고 클라라를 제대로 공격하지 못했다. 심지어 균형자의 여왕 리나와 함께하고 있는데도 말이다.

명훈은 초조한지 자리에 앉은 상태로 다리를 달달 떨었다.

"만약에라도… 저 대마인이 또 비가시 상태에 접어드는 스킬을 사용한다면……."

그땐, 현석에게 승산은 없을 거다.

그 스킬에 쿨타임이 있는 건지 아니면 1회성 스킬인지, 그도 아니면 사용에 다른 제약이 있는 건지. 그런 건 아무래도 좋았다. 지금 당장은 최악의 경우를 상정해야 했다.

저 대마인이 또다시 그 비가시 상태에 접어든다면. 그러면 현석은 필패다.

욱현이 피식 웃었다.

"뭐야. 야, 유민서. 너 왜 울고 자빠졌어? 할 줄 아는 게 우는 거 밖에 없냐?"

유민서는 혼자서도 어지간한 나라는 씹어먹을 수 있을 정도의 능력을 가졌다.

스페셜 등급 스토어에서 구입한 팬던트를 착용하게 되면서 한꺼번에 부릴 수 있는 자이언트 터틀의 숫자가 무려 50마리에 육박하게 됐다.

분명 유민서는 굉장히 강했다. 그러나 지금은 스스로가 너무

한심했다. 오빠를 돕고 싶다. 그런데 가봐야 도움도 안 될 것 같다. 그렇게 생각하니 자괴감에 빠져들었다.

'오빠… 오빠…….'

자꾸만 눈물이 튀어나왔다. 씩씩한 모습을 보이고 싶은데 그게 잘 안 됐다.

그때 욱현이 말했다.

"야, 하종원. 안 가냐?"

"…예?"

욱현은 하종원의 등을 탁! 쳤다.

"영상 보면서 느끼는 거 없냐?"

"아."

하종원도 분명히 느꼈다.

"더도 말고 덜도 말고. 진짜 딱 1초만 시간 끌어주면 돼."

"그렇죠."

욱현이 자리에서 일어섰다.

"우리 길장님 죽을 둥 살 둥 싸우고 있는데 남자 새끼들이 구경만 하고 있으면 고추 떼버려야지. 안 그러냐?"

하종원도 피식 웃었다.

"형님, 괜히 시간 끈답시고 센 척하고 갔다가 픽 죽을 수도 있어요. 더더군다나 형님은 메이지잖아요. 잘못 스치기만 해도 그냥 죽을 텐데."

욱현이 피식 웃었다.

"내가 운동 괜히 한 줄 아냐? 몸빵하면 또 나지."

다들 안다. 운동이랑 슬레이어로서의 맷집은 전혀 상관없다.

욱현은 메이지고 대마인의 공격에 스치기만 해도 아마 사망할 거다.

"어쨌든 그냥 죽을 각오하고 몸 던지면 어떻게든 1초는 끌 수 있을 거 같네요."

그때 이명훈이 말했다.

"잠깐만요. 비가시 상태에 접어든다면 아무리 시간을 끌고 뭐 하고 해도 소용없어요. 결국 저도 가야 돼요."

욱현이 피식 웃었다.

"웬일로 엄살 안 부리냐?"

"이래 죽나 저래 죽나 솔직히 유현석 없으면 세상이 언제 망할지도 모를 일인데요. 당장에 슈퍼 웨이브 한 번만 더 터져도 인구 절반은 날아가겠구만."

홍세영도 한 걸음 앞으로 나섰다.

"나도 가겠어요."

종원이 말렸다.

"됐어. 어차피 우리 역할은 딱 1초만 만들어 주는 거야. 넌 천 절검도 없는 상태잖아. 솔직히 현석이 입장에서 너무 많은 숫자가 몰려가는 것보다는 정말로 딱 1초 만들어줄 수 있는 최소 인원이 더 좋아."

욱현도 거기에 말을 보탰다.

"너까지 포함되면… 현석이는 대마인을 죽이는 게 아니라 너를 구하려 들지 않겠냐?"

실제로 현석이 어떻게 행동할지는 모를 일이었지만 어쨌거나 현석을 도우러 갈 인하 길드원들은 총 3명, 트랩퍼인 이명훈과 스페셜 워리어 하종원 그리고 물리력을 행사하는 메이지 김욱현이다.

성형에게도 유선 연락을 취했다. I'uet 시절부터 친분이 있던 하종원이 연락했다.

─알겠어. 부디 몸조심해라.

박성형은 그렇게 말을 했다가 생각지도 않은 말을 덧붙였다.

─한국 유니온도 도울게.

"어떻게요?"

하종원은 '설마'를 떠올렸다.

한국 유니온에는 비공식적으로 무력을 행사하는 집단이 있다. 베일에 가려진 그 집단은 공식적으로는 없는 집단이며 대부분의 사람들이 그 집단에 대해서 모른다.

어렴풋이나마 그러한 것이 있다는 것을 아는 사람도 그리 많지 않았다. 끽해야 인하 길드원들이나 강남 스타일 길드원들 정도였다.

─일단 한국 유니온의 도움은 없다고 생각하고 움직여. 솔직히 도움이 될지 안 될지는 모르겠으니까. 어쨌든 최선은 다할게.

인하 길드원들이 워프 게이트로 향했다.

CHAPTER 3

클라라는 기뻤다. 정말 맛있는 피였다. 그 피를 핥을 때에 온몸에 느껴지는 전율과 쾌락은 이루 말하기도 힘들 정도였다.

그런데 방해꾼이 있었다. 웬 여자 한 명이었는데 필사적인 각오로 자신을 향해 달려드는 것이 아무래도 저 남자의 애인이나 아내쯤 되는 것 같았다. 거기까지 생각이 미치자 더 흥분됐다.

'애인 앞에서 애인을 산 채로 뜯어 먹는 거야.'

상상만 해도 온몸이 근질근질거렸다. 아랫도리가 또 축축하게 젖어왔다.

'아, 좋아. 너무나 좋은 생각이야.'

처음에는 그렇게만 생각했는데 시간이 지나자 조금 바뀌었다. 이젠 화가 났다. 여자가 어찌나 집요하게 덤벼드는지 짜증이 치밀어 올랐다. 게다가 남자 역시 만만한 상대는 아니었다.

클라라는 이 남자의 정체가 뭘까 생각해 봤다.

"넌 누구니?"

여태까지는 정말 쉽게 왔다. 사람 죽이는 건 숨 쉬는 것보다도 쉬웠다. 그런데 이번에는 아니었다. 흥분되는 건 흥분되는 거지만, 어쨌든 그녀 역시 건성으로 싸울 수는 없었다.

'혹시…….'

하나의 생각을 떠올렸다.

20년 전, 가장 유명했던 슬레이어, 그리고 레드돔이 깨지고 난 이후부터 기억을 잃기 전까지 그 기간 동안 역시 가장 유명했던 슬레이어. 유럽의 레드돔 내에서는 과거의 영웅이라 일컬어지던.

"플래티넘 슬레이어?"

아무래도 그런 것 같다. 레드돔 안에 있을 때 플래티넘 슬레이어에 대한 얘기를 얼마나 많이 들었던가.

시간이 20년이나 흐르면서 그에 대한 얘기도 거의 전설처럼 느껴졌었다. 그런데 지금 자신은 그 전설보다도 강한 힘을 갖게 된 거다. 이대로라면 세계를 정복하는 것도 허황된 얘기는 아닐 터였다.

'어라? 상처가 많이 났네.'

저도 모르는 사이에 상처가 꽤 많이 났다. 심한 상처는 없지만 이 정도 되니 슬슬 불안해지기 시작했다.

'빨리 죽여야겠어. 빨리 먹고 싶어.'

그때 누군가가 갑자기 끼어들었다.

"라이트닝 밤!"

하종원이 스킬을 펼쳤다. 메가 라이트닝 크러쉬보다 범위는 훨씬 좁고 대미지도 약하지만 보조 계열로 사용하면 상당히 좋은 광범위형 특수 스킬이다.

50퍼센트의 확률로 스턴에 빠져들게 하는데, 스턴에 빠지지 않더라도 일시적으로 움직임에 제한을 주는 스킬이었다.

일반적인 전투라면 모르겠지만 플래티넘 슬레이어와 대마인 쯤 되는 앱서버의 싸움에 있어서 그 '일시적인 제한'은 충분히 큰 도움이 될 터였다.

"화이어 애로우 트랩!"

또 성가신 게 나타났다. 아프지도 않고 뜨겁지도 않지만 은근히 신경 쓰였다. 현석은 이들에게 왜 나타났냐고 묻지도 않았다. 그러기에는 지금 상황이 너무 촉박했다.

클라라가 아주 조금, 정말 아주 조금 움찔한 그 찰나를 현석은 놓치지 않았다.

천절검을 왼쪽에서 오른쪽 횡으로 빠르게 휘둘렀다. 슥, 뭔가가 걸리는 느낌이 났다. 조금은 성공했다. 클라라의 왼쪽 손목이 잘려 나갔다. 동맥에서 피가 확 뿜어져 나왔다.

현석이 외쳤다.

"피해!"

대마인 이바니아의 피보다도 더 강한 능력을 지녔을 것이 분명한 클라라의 피다.

하종원이 그걸 뒤집어 쓸 뻔했다.

하종원이 외쳤다.

"야! 너 도대체 언제!"

다행히 하종원은 그 피를 뒤집어쓰지 않았다. 대신 다른 사람이 뒤집어썼다. 김연수였다. 도대체 언제 따라왔는지, 어떻게 왔는지 도무지 알 수 없었다.

클라라가 고래고래 소리를 질렀다.

"이 버러지 같은 새끼들아!"

클라라의 온몸이 완전히 까만색으로 물들었다. 어쩌보면 그림자처럼 보였다. 그리고 마치 리나처럼 몸에서 검은색 아지랑이가 피어올랐다. 뭔가 분위기가 바뀌었다.

"너희 먼저 죽여 버리겠어!"

김연수의 눈동자가 까맣게 물들었다가 다시 하얀색으로 변했다. 계속해서 바뀌었다.

"이거… 진짜 위험한 거였네."

김연수가 방패를 들어 올렸다.

대마인 클라라의 공격을 막아냈다. 단 한 방의 공격이었고 방패로 잘 막았음에도 불구하고 H/P가 절반 이상 떨어져 내렸다.

"큭!"

강대한 충격 때문에 어깨뼈가 탈골되었는지 팔이 너덜거렸다.

김연수의 눈이 또 까맣게 들었다가 다시 원래대로 돌아왔다. 고장 난 신호등처럼 자꾸 깜빡거리며 색깔이 바뀌었다.

"종원아, 너 한 대 맞으면 죽겠다."

"그건 나도 알아, 새꺄!"

김연수는 원래 따라오지 않기로 했었다. 그런데 언제 따라왔는지 갑자기 나타났다.

김연수가 말했다.

"솔직히 시간을 끌려면 내가 제격이지."

김연수의 H/P가 계속해서 떨어져 내렸다. 아무래도 검은 피의 영향인 것 같았다. 김연수가 방패를 들어 올리며 외쳤다.

"시간은 내가 벌게!"

누가 말릴 새도 없이 바로 클라라를 향해 달려들었다.

'죽음을 각오한다면……'

그렇다면 적어도 몇 초 정도는 시간을 벌어줄 수 있을 거다.

'운 나쁘면… 정말로 죽는다.'

하지만 죽어도 된다고 생각했다. 죽을 수도 있지만, 그 죽음이 결코 헛되지 않기만을 바랄 뿐이었다. 사랑하는 아내의 얼굴이 떠오르긴 했지만 애써 외면했다.

'내가… 막는다!'

김연수가 무슨 행동을 하고 있는 건지 유현석은 누구보다도 잘 알았다. 유현석이 외쳤다.

"그만둬!"

김연수는 기본적으로 방어력이 높다. 디펜더로서의 실력이 굉장히 출중하다. 그러니까 그는 자신의 몸을 던져 클라라의 공격을 막겠다는 거다.

공격을 막는 순간, 얼마나 버틸 수 있을지 모르겠지만 그 찰나의 시간 동안 현석이 천절검을 사용한다면 클라라를 죽일 수도 있었다.

김연수가 달려들었다. 이미 주사위는 던져졌다. 이제 말리기도 늦었다.

김연수가 달려들고 그 뒤를 이어 유현석이 달려들었다.

클라라가 적의를 표출하는 대상은 명확하게 김연수였다. 아무래도 유현석은 맛있는 먹잇감이라고 생각하고 있는 건지 나중으로 미뤄두려는 것처럼 보였다.

클라라의 입꼬리가 올라갔다.

"병신 짓들 하고 있네."

그리고 김연수의 배에 구멍이 뚫렸다.

인하 길드의 대표 디펜더, 김연수가 피를 철철 흘리며 쓰러졌다.

"김연수!"

순간 분노가 치밀어 올랐다. 그리고 그 순간 이상한 목소리를 들었다.

'화가 나지? 죽이고 싶지? 죽이고 싶지? 그렇지?'

누군가 머릿속에 대고 속삭이는 것 같았다.

[슬레이어의 현 상태를 판정합니다.]
[분노를 수치화합니다.]
[마성이 증폭됩니다.]
[대체불가능한+2 칭호가 저항합니다.]

그리고 정신을 잃었다. 더 정확하게 말하자면 정신을 잃은 게 아니라 기억을 잃어버렸다.

[저항에 실패했습니다.]

현석이 기억하는 것은 '저항에 실패했다'는 마지막 알림음뿐이었다.

*　　　　　*　　　　　*

"거대한 폭발이 감지되었습니다."

아리랑은 도대체 무슨 일이 일어난 건지 확인하고 싶어 했다.

그러나 거대한 폭발로 인한 노이즈 때문에 전파탐지가 어려웠다. 또한 먼지가 자욱하게 일고 있어서 시야도 완전히 차단됐다.

스위스에 집결해 있던 슬레이어들은 뭔가 이상함을 느꼈다.

"바, 방금 뭐였지?"

엄청난 폭발음이 들렸다. 폭발음만 들린 게 아니었다. 마치 지진이라도 난 것처럼 땅이 마구 흔들렸다.

그들은 아리랑에 유선 연락을 취해봤으나 아리랑 측도 정확하게는 몰랐다. 강남 스타일의 길드장 김상호는 뭔가 일이 잘못되어감을 느꼈다.

'뭔가 이상해. 계속해서 대기하고 있는 것도 이상하고.'

아리랑은 정말 모르는 건지 아니면 대답을 회피하고 있는 건지 모르겠다. 시간이 흘렀다. 스위스에 모인 전 세계의 슬레이어들은 충격적인 소식을 들을 수 있었다.

"뭐라고? 그게 정말이야?"

"네. 그렇습니다."

김상호는 입을 쩍 벌렸다. 어떻게 이런 일이 일어난 건지 모르겠다.

'지도에서… 폴란드가 사라졌다고?'

폴란드의 면적은 약 30만 제곱킬로미터. 남한 면적의 약 3배쯤 된다. 그 정도 되는 면적이 사라져 버렸단다. 정확하게 말하자면 완전히 사라졌다기보다는 폴란드 자체가 거대한 구덩이가되어버렸단다.

'바다화가 진행되고 있다고?'

발트해로부터 바닷물이 유입되고 있단다. 있을 수 없는 일이일어났다.

*　　　　　*　　　　　*

현석은 장장 3일간 기절을 했다. 그 와중에 아리랑은 빠르게움직였다.

대마인 중 대마인이라 할 수 있던 클라라는 죽었다. 아리랑은플래티넘 슬레이어의 업적이라 발표했다. 현석이 물었다. 이러니저러니해도 현석이 고민 있을 때 가장 먼저 털어놓는 사람은 종원이다.

"종원아."

"어?"

"솔직히 말해."

"뭘?"

"아리랑에선… 대마인이 폭발을 일으켜서 폴란드가 사라졌다고 했잖아."

폴란드가 사라졌다. 폴란드 내에 있던 사람들도 모두 죽거나수몰됐다고 보면 됐다. 정확한 숫자는 파악되지 않았지만 최소

100만 명은 넘을 거라 예상되고 있다.

"…그렇지."

"그런데 넌 어떻게 살아 있어?"

연수의 배에 구멍이 뚫렸던 것까진 기억이 난다. 하지만 그 이후로는 기억이 없다.

"그건……."

"솔직히 말해."

"현석아, 너는 할 일을 했어. 네가 아니었으면 클라라는 전 세계를 집어삼켰을지도 몰라. 그리고… 네가 죽었다면 미국이 핵을 사용할 작정이었대. 거기 있는 사람들은 포기하고서라도."

종원은 말을 아꼈다.

현석은 침대에 앉았다. 머리가 아파왔다. 기억은 나지 않는다. 그러나 어렴풋이 짐작은 된다.

사람 2만 명, 아니, 흡수한 것까지 포함하자면 4만 명가량을 죽였다고 알려진 클라라를 죽이려다가 100만 명을 죽였다.

'정말로… 그 여자의 공격이었다면 우리 길드원들이 살아 있을 리가 없어.'

말도 안 된다. 폴란드가 사라지는 대폭발이었다. 그런 대폭발 속에서 인하 길드원들은 살아남았다. 그 말은 즉, 그 대폭발은 인하 길드원들을 적으로 인식하지 않았다는 소리다.

'나는 도대체 무슨 짓을 한 거지.'

차라리 기억이 나면 좋겠는데 기억이 안 나니 답답할 따름이었다.

현석이 몸을 일으키며 말했다.

"연수는… 좀 어때?"

"외상이잖아. 힐받아서 회복됐어. 너나 몸 잘 추스러라."

이름하여 '마인 전쟁'이라 이름 붙은 그 사건은 플래티넘 슬레이어와 인하 길드가 세계를 구한, 인류의 위대한 역사라고 기록되었다.

그리고 1년이 흘렀다.

CHAPTER 4

1년 전.

현석의 눈이 까맣게 물들었다. 하종원이 움찔 놀랐다.

"야! 유현석!"

"크아아아아!"

현석은 머리를 쥐어뜯으며 비명을 질렀다. 땅이 웅웅거렸다. 욱현도 당황했다.

"뭐, 뭐가 어떻게 되고 있는 거야!"

클라라가 히히, 하고 웃었다.

"섹시해, 섹시해서 쌀 것 같아. 잡아먹고 싶어."

그 웃음소리가 점점 더 짙어졌다.

"크아아아아아!"

현석이 계속해서 비명을 지르는 동안 클라라는 침을 질질 흘리면서 현석을 쳐다봤다.

그녀에게는 현석밖에는 보이지 않는 듯했다.

유현석이 중얼거렸다.

"죽… 인… 다……."

하종원은 순간 제자리에서 굳었다. 아무 말도 하지 못했다.

'저건 유현석이 아냐.'

순간적으로나마 유현석에게 공포를 느꼈다.

유현석은 마치 관절이 전부 사라진 것처럼 흐느적대며 걸었다.

하종원은 유현석이 옆을 스쳐 지나갈 때까지 아무 말도 하지 못했다. 침을 꿀꺽 삼켰다. 얼핏 봤다. 현석의 눈이 까맣게 물들어 버린 것을.

"죽… 인… 다……."

유현석이 클라라에게 달려들었다. 그리고 거대한 폭발이 일어났다.

김욱현과 하종원은 눈을 감았다. 눈이 너무 부셔서 감히 눈을 뜰 수조차 없었다. 바람이 세차게 일었다.

현석은 알림을 들었다.

[마성으로 인하여 대체 불가능한+2 칭호 효과가 무효화됩니다.]

[잠능 폭발을 사용합니다.]

분명 듣기는 들었는데 현석은 신경 쓰지 않았다. 아니, 현석은 아무것도 생각하지 못했다. 몸이 분명 자신의 것이 맞기는 한데 저절로 움직이는 느낌이었다. 본능에 따라서 말이다.

육체를 가지고는 있되 이 육체를 지배하는 것 같은 느낌은 아니었다. 오히려 제3자가 되어 자신을 바라보는 그런 기분이었다.

자신이되 자신이 아닌, 무언가가 스킬을 사용했다.

'잠능 폭발!'

원래대로라면 잠능 폭발을 사용하려고 했었다. 그러나 '대체 불가능한+2'칭호가 저항한다는 이상한 알림음 때문에 사용하지 못했었다.

그리고 폭발이 일었다.

그 폭발로 인해 지구상에서 폴란드가 완전히 지워졌다. 대신 그곳에 평균 수심 약 2미터, 그리고 중심 수심 약 80미터에 이르는 새로운 바다가 생겼다.

새롭게 생겨난 이 바다의 이름은 이제 '폴란드 해(Sea of Poland)'가 됐다. 혹 어떤 사람들은 '클라라 해'라고 부르기도 했다. 거대한 대마인 클라라의 공격으로 인하여 폴란드 내에 남아 있던 130만 명의 사람이 희생된 끔찍한 폭발이었다.

─폴란드를 없앤 대폭발에서 플래티넘 슬레이어와 인하 길드의 트랩퍼 이명훈, 인하 길드의 메이지 김욱현, 인하 길드의 딜러 하종원이 가까스로 생존하였으며 대폭발로부터 자신의 길드원들을 구하기 위해 몸을 내던진 인하 길드의 디펜더 김연수가 심각한 부상을 입어 병원으로 후송 되었습니다. 이 폭발로 폴란드의 100만 시민이 목숨을 잃었습니다. 우리는 그들의

죽음을 엄숙히 기려야 할 것입니다.

전 세계 사람들은 그 엄청난 대폭발 속에 희생된 수많은 사람을 위하여 기도하고 애도했다.

그후 세계는 계속해서 변화했다. 1년의 시간 동안 참 많은 변화가 있었다. 나쁜 의미로의 변화는 절대 아니었다.

튜토리얼부터 시작하여 1차 평화기를 지났고 레드돔 이후 슈퍼 웨이브까지, 그리고 사람들이 말하는 진정한 의미의 '대무역 시대'가 펼쳐졌다.

슬레이어들의 수준도 많이 높아졌고 아이템 드롭율도 높아졌다.

무엇보다도 슬레이어들의 숫자가 늘어나고 질도 높아지게 되면서 굶어 죽는 사람은 이제 거의 없어졌다고 해도 과언이 아니었다.

아이템 상점을 이용하면 필요한 생필품은 대부분 구입이 가능했다. 필요한 아이템이 따로 있으면 그 아이템을 구입할 수 있는 슬레이어와 거래를 하면 됐다.

워프 게이트, 인벤토리, 그리고 거래 시스템의 활성화는 불과 1년 만에 세상을 완전히 바꾸어 버렸다.

1년 전 대폭발과 슈퍼 웨이브는 사람들의 기억 속에서 급속도로 잊혀갔다.

*   *   *

하종원이 어깨를 으쓱했다.

"확실히 편리하긴 하네."

1년 동안 편리한 시스템이 몇 가지 도입됐다.

큰 변화들 중 한 가지를 꼽아보자면 바로 'NPC' 시스템이었다. 정말 게임 같은, 혹은 진짜 인간 같은 NPC를 둘 수 있는 건 아니었다.

상점을 이용하여 구입할 수 있게 된 워프 게이트의 NPC는 사실 NPC라고 보기에도 힘들었다. 고속도로의 톨게이트처럼 생겼으니까.

욱현도 고개를 끄덕였다.

"요금 징수도 진짜 편해졌고 빨라졌지."

워프 게이트를 이용하는 전 세계의 슬레이어는 하루 3억 명을 넘어섰다.

워프 게이트의 이용료는 편도에 그린스톤 1개로 슬레이어들 입장에서는 굉장히 싼 값이다. 다시 말해 워프 게이트를 소유하고 있는 현석은 하루 최소 3억 개 이상의 그린스톤을 수중에 갖게 된 거다.

아예, 과거 '왕성'이 있던 자리에는 슬레이어들의 장터가 상시로 열리고 있을 정도였으며 제법 많이 복구된 인터넷상에도 거래 게시판은 항상 시끌벅적했다.

욱현이 물었다.

"아리랑도 거래 사이트를 통한 이득이 꽤 크다면서?"

"그렇죠. 세계 최대의 아이템 거래 사이트를 최초로 설립했으니까요."

NPC 시스템의 도입과 더불어 현석에게 가장 큰 영향을 미친 시스템을 한 가지 더 꼽아보라면 바로 '소유권 인정 시스템'이었다.

아이템에 관한 소유권은 원래부터 인정되었었다. 과거, 현석이 검귀를 슬레잉했던 그 시점부터 말이다. 그러나 아이템 말고 다른 것에 대한 소유권도 시스템에 의하여 인정되기 시작했다.

종원은 고개를 절레절레 저었다.

"현석이가 공식적으로 가지고 있는 땅이 남한 면적의 100배가 넘으니."

남한 면적의 백 배, 한반도 면적의 50배가 넘는 광활한 땅을 소유하게 됐다.

"문서로 남아 있는 상태의 땅들이 시스템에 의하여 소유권 인정 되는 바람에 현석이만 행운 벼락 맞은 거죠 뭐."

슈퍼 웨이브가 시작되었을 당시만 해도 땅은 큰 의미가 없었다. 현석 역시 어차피 클리어해야 할 슈퍼 웨이브라고 생각했고 땅에 그렇게 큰 의미를 가지지는 않았었다. 그런데 상황이 변했다.

욱현이 다시 물었다.

"대부분 슈퍼 웨이브 스팟을 포함하고 있잖아?"

슈퍼 웨이브 스팟, 슈퍼 웨이브가 일어났던 구간을 말한다. 과거 그곳은 절망의 땅이었지만 이젠 아니다. 황금 알을 낳는 노른자 땅이 됐다.

"그러니까 대박이죠. 영토 내에서 드롭되는 모든 아이템에 세금이 붙으니."

슈퍼 웨이브 스팟에서는 몬스터가 많이 출몰한다. 이제 일정 수준 이하의 몬스터들은 더 이상 공포의 대상이 아니다. 오히려 돈줄이다.

슈퍼 웨이브 스팟은 몬스터 밀집 지역으로 상위권 슬레이어들이 굉장히 좋아하는 사냥터였다. 그 사냥터에서 드롭되는 모든 아이템에 대하여 10퍼센트가량 수수료가 발생한다. 사람들은 이걸 '세금'이라고 부른다.

"그렇지. 게다가 아무도 불만 표출 못 하잖아?"

현석이 대단해서 그런 게 아니라 시스템 때문이었다.

이 시스템은 아직도 무엇인지 밝혀지지 않아 그저 자연현상의 하나라고 인식되고 있는 상황이다. 그 시스템이 자체 판정에 의하여 땅의 소유자에게 '세금'을 전해준다.

현석이 직접 정한 것도 아니고 인간이 만든 국제기구 아리랑에서 정한 세법에 따르는 것도 아니니까 불만을 표출할 곳도 없는 셈이다.

"현석이가 하루 벌어들이는 수익만 몬스터스톤 5억 개 정도 되지?"

덕분에 인하 길드원들은 현존하는 최고 수준의 아이템들을 구비할 수 있게 됐다. 사실상 플래티넘슬레이어는 세계의 왕이나 다름없었다.

"그런데 뭐 딱히 나돌아다닐 생각을 안 하죠. 나 같으면 평생 해외여행이나 다니면서 즐겁게 살 텐데."

*　　　　*　　　　*

현석은 의자에 앉았다.

'또 다른 대마인 니콜라스는 어떻게 된 거지?'

분명 유럽에는 대마인이 세 명이었다. 그런데 지난 1년간 니콜라스에 관한 소식은 들려오지 않았다. 항간에는 최상위 슬레이어들의 합공에 의하여 죽었다고 하는데 만약 그랬다면 현석이 모를 리 없다.

'…성형이 형인가?'

생각에 빠져들었다. 현석과 인하 길드를 제외하고 대마인을 죽일 수 있는 실력자는 없다고 생각했다. 그나마 가능성이 있는 건 성형이 부리고 있는 특별한 클래스의 무력집단. 하지만 현석은 성형에게 묻지 않았다.

＊　　　　＊　　　　＊

연수가 성자의 세트를 장착했다.

성자의 방패, 성자의 투구, 성자의 갑옷+7, 성자의 건틀렛, 성자의 부츠.

성자 세트를 착용하고 나자 알림음이 들려왔다.

[세트 아이템을 확인합니다. 5/5]
[축하합니다. 성자의 세트가 확인됩니다.]

알림음이 이어졌다.

[최초 유니크 등급 세트 아이템 조합으로 인한 특전이 주어집니다.]

[최초 유니크 등급 세트 아이템 특전은 세트 아이템에 적용됩니다.]

[성자의 세트. 세트 효과가 100퍼센트 증폭됩니다.]

최초의 유니크 등급 세트를 착용했다. 이 특전은 예상하지 못했다.

[성자의 세트. 세트 효과: 1일 1회. 3초간 모든 공격을 100퍼센트 확률로 방어합니다.]

[최초 유니크 등급 세트 특전을 적용하여 세트 효과를 재판정합니다.]

[성자의 세트 효과: 1일 1회. 6초간 모든 공격을 100퍼센트 확률로 방어합니다.]

성자의 세트 효과는 1일 1회. 그러니까 24시간 내에 6초 동안 모든 공격을 방어하는 것이었다.

종원이 어깨를 으쓱했다.

"이를테면 무적 같은 거네? 6초 동안은 천하무쌍?"

명훈이 한숨을 내쉬었다.

"내 생각엔 천하무쌍이 되어도 쟤보단 약할 거 같아."

명훈의 시선 끝에는 반바지에 러닝 차림으로 TV를 보고 있는 전직(?) 플래티넘 슬레이어 현직 세계 최고 부자가 있었다.

그 세계 최고 부자는 무소불위의 권력을 가진 왕이었으며 일본으로부터 커다란 선물도 받았다.

그 선물의 이름은 '집 아이템'이었다.

*   *   *

에디는 분했다.

"젠장, 일본 놈들이 먼저 수를 쓰다니."

초호화 대저택. 솔직히 미국 유니온도 그걸 구하려고 무던히 애썼다. 그런데 일본에서 먼저 가로챘다.

"지금 상황에서 플슬이 가장 좋아할 만한 선물인데."

그 아이템의 옵션 정보를 얻어왔다. 일단 그 아이템의 등급은 레어. 레어 등급이 꽤히 레어 등급이 아니었다.

크기만 일단 600제곱킬로미터다. 평으로 따지자면 무려 181,500,000평. 2억 평에 가까운 집이다. 미국령인 괌과 비슷한 크기로 집으로는 지나치게 넓다고 볼 수 있겠다.

그러나 이 아이템은 그러한 크기는 우습게 만들어줄 옵션을 가지고 있었다. 곳곳에 워프 게이트가 설치되어 있어 공간의 제약을 획기적으로 줄였다.

"거기에 NPC 시스템까지 탑재하고 있다고 합니다."

아이템으로 지은 집은 일반 집과 다른 것들이 몇 가지 있다. 이른바 '옵션'이라고 하는 건데, 이 옵션은 아이템의 등급 혹은 종류에 따라 천차만별이었다.

자동청소 기능, 자동복원 기능, 기타 등등. NPC 시스템 덕분에 워프 게이트가 엄청나게 활성화되었다. 그만큼 편리한 시스템이다.

"현존하는 모든 옵션이 전부 들어가 있는 아이템이라고 합니다."

"사실상 그런 아이템이 있어도 그 아이템을 사용할 수 있는 사람은 플래티넘 슬레이어밖에 없다고 봐야지."

크기가 무려 2억 평에 달한다. 그 정도의 땅을 사서 그 위에 혼자서 살 집을 짓는다는 건 말도 안 되는 일이다. 차라리 그 정도 땅이 있으면 슬레이어들의 사냥터로 굴리는 게 훨씬 큰 돈이 될테니까.

일반 사람들 입장에서 보자면 그런 집을 짓는다는 건 미친 짓이며 손해가 막심한 짓이다.

"플래티넘 슬레이어에게 있어서 겨우 그 정도의 손실은 손실도 아닐 테니까요."

"아, 그걸 우리가 줬어야 했는데."

"더군다나 풀 오토 쾌적 시스템과 안전지대기능까지 포함하고 있다고 합니다."

풀 오토 쾌적 시스템은 습도, 온도 등을 자동으로 관리해 주는 시스템으로 이 시스템이 있느냐 없느냐에 따라서 집 아이템의 가격이 적게는 수십 배, 많게는 수백 배까지 차이가 난다.

물론 수동으로 조정도 가능하다.

"안전지대기능이라면… 진짜 획기적이군."

"어차피 거기 플래티넘 슬레이어와 이명훈 트랩퍼가 있지 않습니까? 있으나마나한 기능입니다."

어쨌든 레어 등급답게 수많은 옵션을 포함하고 있는 집임에
는 틀림없었다. 일본에 대한 플래티넘 슬레이어의 호감도가 급
상승했음은 두말할 필요도 없다.

민서는 주위를 둘러봤다.

"와~ 이거 집 맞아? 집이란 느낌이 아닌데……."

보통 집이라 하면 문이 있고 그 문을 열고 들어가면 방이 있
어야 하는 것 같은데 이건 그렇지가 않다. 아무리 둘러봐도 벽
이 없다. 잘 가꾸어진 정원이 있는데 끝도 안 보인다.

현석이 말했다.

"가로 길이가 30㎞야."

"헐, 대박. 뭔 놈의 집이 그렇게 커?"

자동 청소기능 등이 포함되어 있기는 하지만 이 집을 관리할
사람들은 분명히 필요했다. 크기가 크다 보니 안에 마을을 둬
도 괜찮았다.

현석은 관리인들을 고용하기로 했는데 그 숫자가 무려 8,000명
에 이르렀다. 2억 평을 관리해야 하니 당연한 거였다.

그들만의 마을도 새로이 만들어 주기로 했는데 그곳에 들어
오고 싶어 안달난 사람들이 차고 넘쳤다.

기본적으로 살기에도 굉장히 쾌적하며 방범 시스템도 잘 되
어 있어 외부인은 잘 못 들어오는 데다가 안전 구역까지 활성화
되어 있지 않은가. 이토록 살기 좋은 곳도 없다.

순식간에 지원자가 몰렸다. 플래티넘 슬레이어가 집터를 잡으

니 지역 경제가 활성화됐다.

민서가 물었다.

"근데 이거 왜 준거야?"

명훈이 대답해 줬다.

"응. 얘한테 잘 보이려고. 뇌물 준 거래."

현석은 피식 웃었다.

'내가 이렇게 행복하게 지내도 되나?'

폴란드의 백만 시민이 자기 때문에 죽었다. 그 때문에 일부러 밖을 나가지 않고, 나름대로의 죄책감을 가지고 살아왔다.

'내가 정말 이래도 되나…….'

그런 생각이 문득 들 무렵, 뭔가가 평양 상공에 나타났다. 처음 보는 개체였다.

현석은 직감했다. 저 개체는 여태까지 상대해 오던 개체와는 완전히 다른 개체였다. 홍세영이 빠르게 강평화와 유민서를 안아들고 뛰기 시작했다.

"모두 피해."

현석도 일단 몸을 피했다. 혼자 싸운다면 모르겠지만 지켜야 할 이들이 있는 자리에서는 싸울 수 없었다. 충격적인 소식이 알려졌다.

⟨평양 상공, 몬스터 출현.⟩
⟨안전 구역이라 일컬어지던 플래티넘 슬레이어의 대저택, 초토화.⟩

안전 구역 시스템이 적용되었다고 알려진 플래티넘 슬레이어의 대저택이 완전히 초토화됐다. 뿐만 아니라 평양이 폐허가 되어버렸다.

그리고 얼마 지나지 않아 현석에게 알림음이 들려왔다.

[파이널 모드에 돌입합니다.]

과거 현석은 이지 모드에 진입했을 때에 이러한 알림음을 들은 적이 있다.

[이지 모드(Easy Mode)에 진입합니다.]
[튜토리얼 모드의 조언을 무시하여 지나치게 높은 스탯을 소유 중입니다.]
[이는 이지 모드 진행 시 방해 요인이 될 수 있습니다. 일정 부분 페널티가 작용합니다.]

그런데 이번에는 달랐다.

[파이널 모드에 진입합니다.]

이후로는 어떠한 알림음도 들려오지 않았다.
'이건 곧 내 현재 능력치가 파이널 모드에 합당하다는 뜻인가?'

현석은 입술을 깨물었다. 내가 이렇게 행복해도 되나, 하고 생각했던 그 시점에 갑자기 나타나 그의 대저택을 부숴 버렸다.

〈플래티넘 슬레이어의 대저택을 파괴한 몬스터 모습 포착.〉

그 거대 몬스터의 모습이 위성을 통해 포착되었다. 전체적인 모습은 드레이크와 흡사했다. 그러나 크기와 위용부터가 달랐다.

거대 몬스터의 크기는 약 1,000미터 정도 되었으며 두 개의 날개를 가진 도마뱀의 형태였다.

"처음에는 동물형 몬스터로 시작했잖아."

"그 이후에 오크, 트롤, 싸이클롭스, 오우거, 드레이크 같은 몬스터들이었잖아. 그렇다면 드래곤이 나와도 이상할 건 없지."

"대박, 말도 안 돼. 드래곤이라니. 그건 거의 끝판왕 아냐?"

"끝판왕 맞지. 한국에 있는 도시 하나가 한 방에 그냥 날아갔다잖아."

위성을 통해 포착된 드래곤은 노란색 혹은 황금색에 가까운 색을 띠고 있었으며 비늘이라 짐작되는 피부는 햇빛을 반사시키는 성질을 갖고 있었다.

덕분에 태양빛을 받으면 온몸이 번쩍거려서 마치 거대한 황금이 날아다니는 것 같았다.

〈현재는 사라진 상태.〉
〈대마인 클라라를 뛰어넘는 재앙급 몬스터의 등장인가!〉

사람들은 과연 플래티넘 슬레이어가 어떻게 반응할지에 대해 주목했다.

플래티넘 슬레이어는 대마인 클라라마저도 죽이는 데 성공한 살아 있는 전설이다. 그 전설의 집이 몬스터에 의해 파괴됐다.

일반적인 상황이라면 플래티넘 슬레이어는 반드시 그 몬스터를 잡을 것이었다.

민서가 말했다.

"오빠, 어떻게 할 거야? 엄청 세 보이던데."

잡기는 잡아야 한다. 그런 몬스터가 활개 치게 놔둘 수는 없다. 세계를 구하겠단 거창한 마음은 없어도 자신이 죽인 100만 명에 대한 목숨값은 치러야 했다.

더 이상 사람들이 죽는 것은 보고 싶지 않았다.

"잡긴 잡아야지."

본래대로 같은 모드에 있는 몬스터라면, 같은 모드의 슬레이어 십수 명 정도가 팀을 짜서 그 몬스터를 상대한다. 그게 기본이다. 현석의 경우만 조금 독특하게 솔로잉을 진행해 왔던 거다.

욱현이 조심스레 말했다.

"그 몬스터가 파이널 모드의 몬스터고, 길장님도 파이널 모드라면 혼자서는 힘들지 않을까요?"

과거와 비교해 보자면 검귀의 경우를 들 수 있다.

그때, 현석은 리나 아니었으면 죽었을 거다. 그 당시 리나도 많은 피해를 입어 상당 기간 동안 어린아이의 형태로 지내지 않았던가.

'쉽지는 않겠지.'

보아하니 1㎞에 달하는 엄청난 덩치에도 불구하고 그 몬스터는 굉장히 빨랐다.

기본적으로 비행하는 속도가 시속 1,000㎞ 정도였는데, 그것보다 더욱 큰 문제는 그 몬스터가 시시각각 모습을 감춘다는 것이었다.

사람들은 그걸 일컬어 텔레포트 혹은 워프라고 말했다.

그 몬스터는 입에서 광선 비슷한 것을 쏘아냈는데, 아리랑은 그것을 '브레스'라 명명했으며 임시적으로 그 몬스터를 드래곤이라 부르기로 했다.

한국의 평양이 초토화된 이후 이렇다 할 피해는 발생하지 않았지만 문제는 분명 문제였다. 어딘가에서 또다시 나타나 브레스를 발사한다면 도시 하나 파괴되는 건 일도 아니었으니까.

'문제는 그 커다란 덩치에도 불구하고… 어디 있는지 파악조차 안 된다는 것.'

위성으로 아무리 샅샅이 뒤져봐도 그 거대한 덩치가 어디로 사라졌는지 코빼기도 보이지 않았다.

현석은 자신의 방으로 돌아왔다.

활이 호들갑을 떨었다.

"그 거대 도마뱀 자식! 감히 우리의 신혼집을 망가뜨리다니! 절대 용서할 수 없어요! 그렇죠?"

은근슬쩍 '우리의 신혼집'이라고 물타기를 했지만 현석은 거기에 딱히 대꾸해 주지 않았다.

활은 그것 때문에 잠시 삐졌다가 이내 설명을 시작했다.

"주인님, 스탯창은 확인해 보셨어요?"

"스탯창?"

과거 현석이 하디스트 모드에 진입한 이후, 스탯창은 활성화되지 않았었다.

'설마.'

스탯창을 열어봤다.

'스탯창.'

파이널 모드에 진입한 이후로 스탯창이 열렸다.

스탯창은 과거와 비교해서 약간의 포맷 변화가 있었다.

나이와 신장 그리고 체중 같은 기본 정보가 사라졌다.

현석의 현재 나이는 37, 그러나 37세로는 절대 안 보였다. 오히려 20대 중후반처럼 보였다. 슬레이어가 되면 노화도 느려지는 것 아니냐는 얘기도 많았지만 아직 확실한 얘기는 아니었다. 그리고 레벨이 생성됐다.

〈스탯창〉

1. 이름: 유현석.

2. 레벨: MAX.

3. 직업: 올 스탯 슬레이어 / 세컨드 앱서버.

―직업 특이사항

(1)올 스탯 슬레이어: MAX 시스템 적용. 스탯 MAX 및 레벨 MAX 확인. 모든 스킬, 능력, 아이템 사용 가능.

(2)세컨드 앱서버: 써드 앱서버 일부 흡수 확인. 생명력 감소 ― 30%.

여기까지 확인하고서 현석은 말을 잇지 못했다.

'그랬어.'

현석에게는 마인전쟁 당시, 폭주한 이후로의 기억이 없다. 그런데 아무래도 대마인 클라라를 흡수했던 것 같다. 그렇지 않고서는 써드 앱서버를 흡수했다는 표시가 없었을 테니까.

대마인 클라라의 클래스는 아무래도 써드 앱서버였던 것 같다.

'그래서 그 엄청난 힘을 사용하고 나서도 늙지 않았던 거야.'

잠능 폭발을 사용하여 스텟 소모를 했다. 또한 아마 마인으로서의 능력을 사용했으면 생명력 역시 같이 깎여 나갔을 거다. 그 생명력을 클라라를 흡수함으로써 채운 것 같다.

'완전히 흡수하지는 못하고… 일부를 흡수했나 보군.'

아무래도 그런 것 같다. 스텟창을 계속 살펴봤다. 그간 궁금해했던 신체와 칭호에 대한 설명도 나와 있었다.

4. 신체: 대체 불가능한+2.

―슬레이어의 신체에 해가 되는 모든 직/간접적 물리력에 저항.

(1) 완벽 저항 등급: 유니크.

(2) 일부 저항 등급: 레전드.

(3) 신체 진화율: 98%

5. 칭호: 대체 불가능한+2.

―슬레이어의 신체에 해가 되는 모든 직, 간접적 특수 효과에 저항.

(1) 완벽 저항 등급: 유니크.

(2) 일부 저항 등급: 레전드.

이제 완벽하게 알 수 있었다.

'대체 불가능한 신체'는 유니크 등급 이하의 모든 물리력에 저항, '대체 불가능한 칭호'는 유니크 등급 이하의 모든 특수 효과에 완벽 저항이었다.

그리고 기억이 없어서 몰랐었는데 신체 역시 대체 불가능한+1에서 대체 불가능한+2로 진화된 상태였다. 게다가 98프로까지 또 올라 있었다.

현석은 그 이유를 알 수 있었다.

'100만 명이 넘는 사람을 죽였으니.'

앱서버는 사람을 죽일 때에 특히 많은 경험치와 특전을 얻는다. 아무래도 100만 명을 일시에 죽였기 때문에 신체가 +2로 진화했으며 신체 진화율이 98퍼센트까지 상승한 것 같았다.

현석은 이어지는 스탯창을 보며 인상을 살짝 찡그렸다.

6. 전투능력.

(1) 힘: MAX.

(2) 지성: MAX.

(3) 체력: MAX.

(4) 민첩: MAX.

* 공격력: MAX.

* 방어력: MAX.

* 명중률: MAX.

* 회피율: MAX.

7. 비전투 능력.

(1) 정력: MAX.

(2) 내성: MAX.

8. 신체 능력.

(1) H/P: MAX.

(2) M/P: MAX.

(3) S/P: MAX.

(4) 저항력: MAX.

사실상 MAX라고 한다면 좋아 보이지만 또 그렇지만도 않았다.

정확한 수치가 아니기 때문에 어느 정도의 공격을 받았을 때 어느 정도의 대미지를 받고, 또 어느 정도의 힘을 가했을 때 어느 정도의 대미지를 줄 수 있는지에 대한 객관적인 지표를 얻을 수 없기 때문이다.

'전부 MAX라니… 일단 슬레이어로서 성장 가능한 한계치까지 성장했다는 소리인가?'

직업에 대한 설명을 다시 한 번 살펴봤다. 그중에서도 올 스탯 슬레이어에 대한 설명이 눈에 들어왔다.

(1) 올 스탯 슬레이어: MAX 시스템 적용. 스탯 MAX 및 레벨 MAX 확인. 모든 스킬, 능력, 아이템 사용 가능.

MAX 시스템이 적용된다고 했다. 아무래도 이 MAX라는 것은 올 스탯 슬레이어라는 클래스가 갖는 특이점인 것 같았다.

'좋은 건지 나쁜 건지 도통 모르겠군.'

이렇게 몸이 변화한 이후 제대로 된 슬레잉을 해본 적이 없었다. 대마인 클라라 이후 세계에는 이렇다 할 강력한 적이 나타나지 않아 이 힘을 사용해 본 적이 없으니까.

'사실상 그날 이후 첫 번째 슬레잉이 되는 거겠어.'

그리고 뉴스 속보가 전 세계에 전해졌다.

평양에서 모습을 감췄던 거대 몬스터 드래곤. 드래곤이 미국의 마이애미 부근에 나타났다는 속보였다.

*   *   *

미국 유니온장 에디는 이미 이 사태에 대하여 준비를 하고 있었다.

"계획대로 진행시켜."

한국에 드래곤이 나타났다. 그렇다면 한국 다음은 미국이다. 그럴 가능성이 높다고 생각했다. 그래서 미국 나름대로 만반의 준비를 갖추었다.

가장 먼저 M—Arm. 블랙 등급이 있으면 좋겠지만 미국이 현재 확보하고 있는 M—Arm은 퍼플 등급이었다.

드래곤의 전력을 살펴봤을 때, 슬레이어들이 부딪치는 것은 자살행위라고 판단했다.

현재 미국 내 가장 강한 길드라고 알려진 TS 길드라고는 해도 드래곤과는 상대할 수 없었다. 그래서 슬레이어를 투입하기에는 어려웠다. 계란으로 바위를 칠 수는 없는 법이니까.

전 세계가 미국의 대처에 주목했다. 퍼플 등급의 M—Arm은 과거 레드돔마저도 부쉈던 전력이 있는 M—Arm이다.

〈퍼플 등급의 M—Arm. 토마호크 120여 발 드래곤 공격 성공.〉

무려 120여 발의 토마호크 미사일이 발사됐다. 단순히 토마호크 120발이 사용된 게 아니다. 실드를 약화시키기 위하여 수십억 달러 이상의 재래식 무기가 동원됐다.

엄청난 폭발이 일었다.

사람들은 그 결과에 귀를 기울였다. 그 결과는 참혹했다. 드래곤을 화나게 만들었다.

평양을 없애버린 드래곤은 괴성을 내지른 뒤 브레스를 연속해서 토해내기 시작했는데 마이애미부터 시작하여 플로리다, 탬파 지방을 거쳐 조지아는 물론이고 사우스 캐롤라이나, 노스 캐롤라이나를 완전히 초토화시켜 버렸다.

직선거리로만 따져도 1,000㎞가 넘는 구간이 완전히 초토화됐다.

〈미국 마이애미, 플로리다, 조지아, 사우스, 노스 캐롤라이나 초토화.〉
〈지니아주 경계 발령.〉

드래곤은 현재 노스 캐롤라이나를 거쳐 버지니아 방향으로 향했다.

반대 방향인 앨라배마나 미시시피 쪽은 안도하는 반면 버지니아 부근에선 난리가 났다. 지하로 숨어봤자 죽는 건 매한가지였다. 드래곤의 브레스는 지하 대피소마저도 붕괴시켜 버리는 어마어마한 위력을 가지고 있었으니까.

불과 1시간 만에 캐롤라이나까지 초토화됐다. 결국 미국은 특단의 조치를 내렸다.

"…사용한다."

최악의 상황에 대하여 이미 대비를 해왔다. 정말 마지막, 최악의 경우에는 인류가 가지고 있는 최강의 무기라 할 수 있는 핵을 사용해야 했다. 이대로 드래곤을 놔뒀다가는 엄청난 피해를 입게 될 것이 분명했다.

결국 미국은 핵 사용을 감행했다.

〈미국, 전술핵(Tactical Nuclear Weapon) 사용.〉

일단 전술핵이 사용됐다. 덩치가 약 1,000미터에 이르는 놈이니 전술핵부터 사용했다. 그러나 드래곤은 여전히 건재했다.

〈미국, 전략핵(Strategic Nuclear) 사용.〉

미국도 뼈아픈 결정을 한 거다.

자국 내에 핵폭탄을 사용한다는 것은 상당한 리스크를 짊어진다. 그 근방의 시민들은 포기하겠다는 것과 일맥상통하는 말이었으며 자국 영토를 방사능으로 더럽히는 것도 감수한다는 얘기였다.

그럼에도 불구하고 미국은 전략핵을 사용할 정도로 드래곤을 죽이길 원했다.

결과는 충격적이었다.

〈분노한 드래곤. 플로리다, 조지아, 사우스 캐롤라이나, 노스 캐롤라이나, 버지니아, 웨스트 버지니아, 켄터키, 테네시, 엘라배마, 미시시피 초토화.〉

미국의 10개 주가 단 한 마리의 몬스터에 의해 궤멸됐다. 그리고 놀라운 소식이 이어졌다.

〈플래티넘 슬레이어. 드래곤 슬레잉 결정.〉

사람들은 경악했다. 이미 드래곤은 손 쓸 수 없는 재앙이었다. 이 사실은 핵으로 인해 분명히 증명됐다.

건드리면 안 되는 재앙급 몬스터, 그냥 나타나면 폭풍이나 토네이도가 나타났겠거니 하고 숨죽여 지켜봐야 하는 그런 자연재해, 미국 내 10개 주가 한순간에 초토화되면서 드래곤은 슬레잉 불가 대상이라는 인식이 강해졌다.

그런데 아무리 플래티넘 슬레이어라지만 한낱 인간이 재해에 맞서 어떻게 싸우겠는가.

이번에 나타난 드래곤은 사람이 상대할 수 있는 개체가 아니었다. 모두가 그렇게 생각했다.

"해, 핵도 안 통하는 괴물을 어떻게 잡겠다는 거야……?"

"괜히 더 열 받게 만드는 거 아냐?"

"아무리 플래티넘 슬레이어라지만……."

미국의 핵도 통하지 않았다는 사실이 사람들을 공포에 몰아넣었다.

약 3일이 지났다.

〈드래곤, 일본에서 모습을 나타내.〉

드래곤이 일본 상공에 모습을 드러냈다.

＊　　　　＊　　　　＊

일본에 드래곤이 나타났다. 히로시마에서 모습을 드러낸 1,000미터 크기의 드래곤은 또다시 브레스를 토해냈다. 히로시마가 초토화되는 건 순식간이었다.

그러나 일본 유니온은 별다른 대처를 하지 않았다. 아니, 못했다. 미국이 드래곤에게 핵을 발사했다가 어떻게 됐는지 똑똑히 봤기 때문이다.

일본 유니온장 야마모토는 울고 싶었다.

'왜… 하필이면 또 일본이냐.'

한국, 그다음은 미국 그리고 그다음은 일본—혹은 중국—이라는 사실은 이미 예상하고 있었다.

그러나 예상을 했다고 해서 상황이 어떻게 바뀌는 건 아니다.

드래곤은 인류가 어떻게 손쓸 수 없는 재앙이었다. 전투기로도, 미사일로도, 그리고 핵으로도 어쩌지 못했다.

'제길. 이렇게 지켜만 보고 있어야 하나.'

일본이 그나마 믿고 있는 것은 플래티넘 슬레이어였다.

'핵무기도 아니고… 겨우 한 사람의 무력에 의지해야 한다니.'

야마모토는 비참함까지 느껴야만 했다.

현재 드래곤은 히로시마를 초토화시키고 동쪽, 후쿠야마 쪽으로 천천히 이동 중이라고 했다.

다만, 인간들이 별다른 반응을 보이지 않자 브레스를 토해내는 건 한 번으로 그쳤다.

미국이 입었던 피해에 비하면 미비한 수준이라고 볼 수 있겠다. 어디까지나 상대적인 의미로 말이다.

"플래티넘 슬레이어의 동향은?"

"아직 움직이지 않은 것 같습니다."

플래티넘 슬레이어가 드래곤 슬레잉에 나서겠다고 말한 건 이미 알고 있다. 전 세계가 그 때문에 떠들썩했으니까.

'하지만… 이번만큼은 플래티넘 슬레이어도 어쩌지 못할 가능성이 높아. 핵마저 통하지 않는 괴물이니까.'

어쩌면 일본 그리고 중국 이후로 다른 나라에는 등장하지 않을 수도 있다. 실제로 예전에도 그러한 경향을 보이지 않았던가.

그러나 그렇게 희망적인 예측을 하기에는 드래곤의 힘이 너무나 강대했다.

〈일본, 아무런 대응을 하지 못해.〉
〈일본, 상대적으로 적은 피해 입어.〉

상대적으로 적은 피해를 입었는데 히로시마현의 절반이 날아
갔다. 드래곤의 힘이 그 정도였다.

〈플래티넘 슬레이어, 아직 움직이지 않아.〉
〈플래티넘 슬레이어, 인류의 마지막 희망이 될 수 있을 것인
가!〉

*   *   *

인하 길드원, 더 정확하게 말하자면 이제 현석의 아내가 될 3명
의 여자들과 현석의 동생인 민서가 한사코 현석을 말렸다.
과거와는 달리, 이번에는 정말 위험했다.
핵폭탄마저도 통하지 않으며 브레스 한 방으로 히로시마현의
절반을 날려 버리는 어마어마한 능력을 가진 괴물이었다.
홍세영이 입술을 살짝 깨물었다.
"…안 가면 안 돼?"
만약 드래곤이 또 어디에서 나타난다면 도망치면 그만이다.
현석과 세영의 속도라면 적어도 도망치는 것 정도는 가능했으니
까.

평화도 걱정했다.

"조금 이기적인 말이겠지만… 저는 오빠가 드래곤과 싸우지 않았으면 좋겠어요. 세영 언니 말대로 우린 도망치면 되잖아요."

은영도 말했다.

"그래, 비겁해도 일단 살아야지. 개똥밭에 굴러도 이승이 낫다고 했어."

리나만 약간 반응이 달랐다.

"나는 그대와 언제나 함께하겠다. 나의 목숨이 곧 그대의 목숨이니."

민서가 발끈했다.

"언니! 언니가 그렇게 말하면 다른 언니들은 도대체 뭐가 돼요!"

현석과 결혼을 하게 될 예정인 리나는 유독 민서 앞에서는 힘을 못 썼다.

현석과 오랜 시간을 지내다 보니 한국의 문화에 어느 정도 익숙해졌고, 리나에게 있어서 민서는 무시무시한(?) 시동생이었다.

하지만 현석의 뜻은 단호했다.

"내가 아니면 아무도 못 해."

지금 이러고 있는 이 순간에도 누군가는 분명 죽어가고 있을 거다.

이미 100만 명을 몰살한 그 시점에서, 자신은 영웅이 아니라는 것을 알고 있다. 그가 죽인 사람의 숫자가 그가 살린 사람의 숫자보다 많을지도 모를 일이다.

'나는 가야 해.'

저 드래곤이 이대로 활개를 치기 시작한다면, 언제가 됐든 세계는 멸망할 거다. 어차피 세상은 혼자 살아가지 못한다.

지금 이대로 도망쳐 다니는 것도 하나의 방법이 될 수는 있겠지만, 결국 언젠가 세상은 멸망한다. 그럴 바에야 지금 부딪치는 게 낫다고 생각했다.

"걱정 마. 슬레잉 성공해서 돌아올 테니."

홍세영이 눈을 질끈 감았다. 보내기 싫었다. 다른 몬스터도 아니고 무려 드래곤이다. 하지만 현석의 결심은 확고한 것 같았다.

"꼭 살아 돌아와."

마음 같아선 같이 가고 싶다. 그러나 도움이 안 될 거다.

자신이 직접 가느니 천절검을 현석에게 넘겨주고, 현석이 싸우게 하는 것이 훨씬 나을 거다. 그걸 알고 있기 때문에 같이 가겠다는 말을 하지 못했다.

"응."

"너 죽으면……."

홍세영이 말꼬리를 흐렸다.

'너 죽으면 나도 콱 따라 죽어버릴 거야'라고 말하고 싶었다. 현석이 홍세영의 이마를 툭 쳤다. 현석이 피식 웃었다.

"말이 씨가 돼. 그런 말 하지 마. 그런 거 말고 살아 돌아오면 뭐 해줄래?"

홍세영이 고개를 푹 숙였다.

한참을 고민하다가 한 발자국 앞으로 움직였다. 뒤꿈치를 들고서 현석의 입술에 살짝 키스했다.

갑작스러운 행동에 활은 '지, 지금 세영언니 뭐 한 거야? 서,

설마 키스? 아, 아니 뽀뽀?' 하고 당황해했다.

그건 다른 사람들도 마찬가지였다. 다른 사람도 아니고 홍세영이 저런 모습을 보이다니……

홍세영의 얼굴이 잔뜩 붉어졌다. 목소리가 굉장히 작아졌다.

"살아 돌아오면 더 한 거 해줄 테니까……"

그에 평화도 현석의 입술에 입을 맞췄다.

"저도요, 오빠. 저 오빠 아니면 다 싫어요. 무조건 살아만 오세요. 오빠 기다리고 있을게요."

은영도 현석의 입술에 가볍게 키스했다.

"나도 질 수 없지."

쪽, 소리가 났다.

"난 믿어. 너 돌아오면 애기부터 갖자."

현석은 민망한 듯 주위를 둘러봤다. 욱현과 종원. 그리고 명훈이 어이없다는 듯 고개를 절레절레 젓고 있었다.

종원이 투덜거렸다.

"쟤네 뭐 해요?"

어지간하면 현석의 편을 드는 욱현도 어깨를 으쓱했다.

"나도 모르겠다. 뭐 하는 건지."

"이걸 부러워해야 하는 건지, 뭔지."

명훈이 피식 웃었다.

"부러운 거 맞지. 솔직히 쟤네만 한 아내들이 어디 있냐? 아~ 부럽다. 저거 보면 나도……"

말을 잇지 못했다.

시간이 흐르면서 명훈도 이제 여자 친구인 미현에게 잡혀 살게 됐으니까. 괜히 말 잘못했다가는 바가지 긁힐 것 같다.

그런 의미에서 현석은 위너가 맞았다. 명훈이 보기에 현석은 절대로 잡혀 살 인간은 아니었으니까.

현석은 성자의 세트와 천절검을 착용했다. 성자의 세트 효과가 적용되었다는 알림음이 들려왔다.

"다녀올게."

활이 씩씩하게 외쳤다.

"활은 주인님과 함께 도마뱀을 때려잡을 것이어요! 그리고 공로를 인정받아 주인님과 결혼하고 말 테야!"

활과 함께, 리나도 걸음을 옮겼다.

*　　　　*　　　　*

〈플래티넘 슬레이어, 일본을 향해 움직이다!〉
〈플래티넘 슬레이어, 한국 워프 게이트로 이동.〉

플래티넘 슬레이어의 행보에 전 세계가 주목했다.

워프 게이트로 향하는 것까지는 포착됐다.

안내자 한 명과 붉은 갈색 머리카락의 여자와 함께 이동하는 것으로 알려졌다.

현석의 귀에 알림음이 이어졌다.

[(+)명성이 상승했습니다.]
[(−)명성이 상승했습니다.]

스탯창은 이미 활성화됐다. 그러나 '명성'에 관한 설명은 스탯창에 없었다.

하지만 이제 명성 시스템에 대해 많이 이해했다.

'명성은… 사람들이 나에 대해 생각하는 정도라고 볼 수 있어.'

무언가 커다란 일이 있을 때, 그리고 그 커다란 일을 해결했을 때 사람들이 그것을 알게 되면 명성이 증가했다.

'플러스 명성은 일반 사람들 혹은 슬레이어에 의한 상승분이겠고……'

그리고 한 가지 가정을 했다.

'마이너스 명성은 블랙 나이트. 혹은 앱서버에 의한 상승분이겠지.'

확실하지는 않다. 아무래도 그럴 것 같다는 예상을 하고 있을 뿐이다.

현석은 계속해서 걸음을 옮겼다. 처음에는 심장이 쿵쾅대며 진정이 되질 않았는데 오히려 막상 상황이 닥치자 괜찮아졌다.

"리나, 괜찮겠어?"

"그대가 없으면 나는 어차피 자결할 것이다. 그대의 목숨이 곧 나의 목숨. 나는 그대를 위하여 이 한 몸을 기꺼이 바칠 것이다."

"리나."

워프 게이트 안.

현석은 리나의 허리를 감싸 안고 가까이 끌어 당겼다.

리나 특유의 달콤한 향기가 현석의 코를 간지럽혔다. 현석이 리나의 입술에 가볍게 키스했다.

"그, 그대여……! 흐, 흡!"

리나는 잠시 반항하는 듯하다가 팔을 축 늘어뜨리며 살포시 눈을 감았다.

감은 그녀의 속눈썹이 파르르 떨렸다. 옆에서 활은 발을 동동 굴렀다.

"나, 나, 나도 주인님이랑 키스하고 싶은데! 키스! 키스! 키스!"

축 늘어졌던 리나의 팔이 어느새 현석의 허리를 살짝 감싸 안았다.

'아주 잠깐은 괜찮겠지.'

정말로 죽을 수도 있는 슬레잉이다.

아주 잠깐, 잠깐 키스하는 것 정도는 괜찮지 않을까 생각했다. 현석의 혀가 리나의 입속을 마구 헤집었다.

리나가 '흐응…' 하고 가벼운 신음 소리를 냈다.

한차례 뜨겁고 격렬한 키스가 이어진 이후 현석과 리나는 다시 걸음을 옮겼다. 곧 워프 게이트 출구가 보인다. 일본에 거의 도착했다.

리나가 말했다.

"그대여."

"엉?"

"이 자리에서 다시 선언한다. 나 리나.J.알리세인. 퓨리티어는 오로지 그대만을 사랑할 것을 맹세하며 그대보다 결코 늦게 죽는 일은 없을 것이다. 나는 그대를 나의 생명보다도 더 사랑한다."

현석이 피식 웃었다. 리나의 머리를 슥슥 쓰다듬었다. 여태까지 한 번도 해주지 않은 말이 입 밖으로 튀어나왔다.

"나도 사랑해."

*   *   *

〈플래티넘 슬레이어. 일본 도착!〉
〈일본 워프 게이트에 모습을 드러낸 플래티넘 슬레이어!〉
〈과연 그는 또다시 세계를 구원할 수 있을 것인가!

플래티넘 슬레이어가 일본 유니온 측에서 마련해 준 자동차를 타고서 후쿠야마 지역으로 향했다.

사람들은 걱정했다.

"그런데 혹시 또… 플래티넘 슬레이어가 괜히 자극해서 피해가 더 커지는 거 아냐?"

미국의 선례가 있지 않은가.

드래곤을 괜히 자극했다가 엄청난 피해를 입었다.

차라리 드래곤을 건드리지 말고 그냥 두면 피해가 적을 것이라는 예상이 지배적이었다.

"아냐. 또 모르지. 플래티넘 슬레이어잖아. 여태까지 모두가 불가능하다고 고개를 내젓던 일을 혼자서 다 해결해 왔잖아."

"아무리 그래도……"

확실히 일리는 있는 말이었다.

괜히 잘못 자극했다가 미국 정도의 피해를 입으면 일본은 반

토막 나고 말 거다.

때문에 일본 유니온에서도 상당히 고민을 많이 했다.

그러나 이미 주사위는 던져졌다. 일본 유니온장 야마모토는 초조한지 자리에 앉지 못했다.

"신페이, 괜찮을까?"

"모릅니다. 이번만큼은 정말로 예측할 수가 없습니다."

"플래티넘 슬레이어는 항상 우리 예측을 한참 벗어났잖아."

"거기에 희망을 걸기엔 드래곤이 지나치게 막강합니다."

역시 확률은 반반이다. 드래곤이 이기든지, 플래티넘 슬레이어가 이기든지.

만약 드래곤이 이긴다면 일본은 거의 망하다시피 하게 될 거다.

현석은 후쿠야마에 도착했다.

쿠구구구구궁!

거대한 폭발음이 들려왔다. 아마도 브레스를 다시 한 번 발사한 것 같았다.

바람이 일었다. 어느 정도 거리에서 브레스를 발사한 건지는 모르겠지만 바람이 점점 더 강해졌다. 폭풍이라도 몰아치는 듯했다.

현석은 그 폭풍을 뚫고서 전진했다. 자동차, 건물 잔해, 가로수 등이 마치 흙먼지처럼 마구 휘날렸다.

'저기 있다.'

현석은 드래곤을 발견했다. 상공 약 50미터 정도의 가까운 높이에 떠 있었다.

그으으으으—!

덩치가 덩치이다 보니, 숨소리마저도 거대했다. 드래곤의 숨소리가 들려왔다.

드래곤의 커다란 눈동자가 현석을 향했다. 드래곤이 날갯짓을 하며 공중에 그대로 떴다. 현석도 하늘을 올려다봤다.

그으으으으—!

드래곤은 공중에 뜬 상태로 현석을 노려봤다.

무언가 위협적인 적이라도 발견한 듯, 드래곤의 눈동자가 가늘어졌다. 현석 역시 힘을 끌어 올렸다.

'일단… 땅으로 떨어뜨려야 한다.'

드래곤이 자신을 인지하고 있음을 느꼈다.

드래곤이 다른 움직임은 멈추고 날갯짓만을 하면서 자신을 노려보고 있는 게 또렷하게 느껴졌다. 이상하게 긴장은 되지 않았다.

현석이 한 발자국을 앞으로 움직였다.

'이상하게… 긴장이 되지 않는다.'

이유는 알 수 없었다. 오히려 드래곤의 상태가 이상했다. 몸이 바르르 떨리는 것처럼 보였다.

드래곤이라는 몬스터 특유의 특성인지, 아니면 실제로 몸을 떨고 있는 건지는 잘 모르겠다만 하여튼 현석의 눈에는 그렇게 보였다.

현석이 작게 말했다.

"일단 땅으로 먼저 떨어뜨릴 거야."

현석이 가장 먼저 윈드 커터를 사용했다.

어느 정도의 대미지가 먹히는지, 충격은 가는지 알아보기 위해서였다.

위성으로 상황을 지켜보던 미국 유니온장 에디가 벌떡 일어섰다.

"이, 이럴 수가!"

CHAPTER 5

미국 유니온장 에디도 숨을 죽이고 봤었다. 미국을 초토화시킨 엄청난 괴물.

핵조차도 통하지 않는 어마어마한 능력을 지닌 저 드래곤을 상대로 플래티넘 슬레이어가 과연 어떻게 싸울지 긴장도 되고 한편으로는 또 기대도 됐었다.

드래곤과 플래티넘 슬레이어가 만약 진심으로 싸운다면 일본 본토가 사라지는 건 아닐까 하는 생각까지도 들었었다.

"이, 이럴 수가!"

에디는 벌떡 일어섰다. 옆에서 지켜보던 크리스 역시 저도 모르게 크흠… 하고 신음성을 내뱉었다. 영상에는 확실히 보였다.

"크리스, 내 눈이 잘못된 거 아니지?"

"드래곤의 날개가 반쯤 찢어져서 천천히 떨어져 내리고 있는 모습이 보이신다면 정확하게 저랑 똑같은 화면을 보고 있는데요."

"크리스. 그러니까 저 드래곤은 우리가 핵을 쐈을 때도 흠집 하나 안 난 놈 맞지? 똑같은 놈이지?"

"설마 1,000미터에 달하는 저 황금색 드래곤이 두 마리씩이나 된다고 말씀하시는 겁니까?"

"아니, 그래도 이건 말이 안 되잖아."

말이 안 되는 것 맞다. 핵으로도 흠집 하나 못 냈던 드래곤이 고작 윈드 커터에 날개가 잘렸다.

완전히 잘린 게 아니라 반쯤 찢어졌다. 드래곤은 평소보다 더 열심히 파닥파닥거리며 날개를 움직여 봤지만 거대한 몸체는 조금씩 땅으로 떨어져 내리고 있었다.

에디와 크리스는 둘 다 황당해했다.

'아무리 그래도 핵을 쐈었는데……'

무려 퍼플 등급의 스톤을 첨가한 전략핵이었다.

'아무리 슬레이어가 몬스터의 실드와 방어력을 효율적으로 깎을 수 있다고는 해도… 아무리 그래도 전략핵인데.'

인류 최후의 수단마저도 어쩌지 못한 저 드래곤의 날개를 너무나 쉽게 잘라 버렸다.

다시 한 번 윈드 커터가 날아가는 게 보였다. 드래곤의 몸체는 이제 훨씬 더 빠른 속도로 땅으로 떨어져 내리고 있었다.

*　　　　*　　　　*

현석도 솔직히 많이 놀랐다.

'뭐야, 지금?'

시험 삼아 어느 정도의 타격이 들어가는지 시험해 보려고 윈드 커터를 날렸는데 그 윈드 커터에 드래곤의 날개가 반쯤 잘렸다.

'윈드 커터를 쏘아내는 느낌이 다르다.'

마인전쟁 이후로 현석은 슬레잉을 진행한 적이 없다. 100만 명을 죽였다는 자책감 때문에 바깥으로 나가지도 않았다. 그래서 변화된 힘을 잘 몰랐다.

'뭔가 훨씬 쉽게 구동되고 대미지가 강력해진 느낌이야.'

정확하게 표현하기는 힘들었다.

원래부터 윈드 커터를 사용하는 것은 별로 힘들지 않았었다. 그런데 지금은 느낌이 묘하게 달랐다. 마치 숨 쉬는 것처럼 자연스러웠다.

'100만 명을 죽였기 때문인가.'

2만 명을 죽였던 대마인 이바니아, 그리고 그런 이바니아를 흡수한 대마인 클라라.

정확한 수치라고 보기에는 힘들어도 일단 숫자상으로 따지면 클라라는 약 4만 명 정도를 슬레잉했다고 볼 수 있겠다. 4만 명을 죽이고서 그 정도 능력을 가졌다.

그렇다면 단순 계산으로도 그 25배를 죽인—그것도 최소로 잡아 25배—자신의 경우는 훨씬 더 강해진 것이 틀림없었다. 하지만 그렇게 기쁘지는 않았다.

일반 시민 100만 명을 죽이고 얻은 힘이었으니 오히려 죄책감이 느껴졌다. 하지만 지금 이 순간만큼은 다행이었다. 덕분에 드래곤을 이토록 쉽사리 잡을 수 있었으니까.

드래곤이 땅에 떨어져 내렸다.

쿠과과광!

거대한 몸체가 땅으로 떨어져 내리자 그 하나로도 엄청난 자연재해였다. 흙먼지가 피어오르고 땅이 진동했다.

현석이 활에게 물었다.

"활아, 저 몬스터 드래곤 맞지?"

"네, 맞아요. 거대 도마뱀. 저 새… 아니, 저 친구를 얼른 죽여 버리고 싶어요! 우리의 신혼집을 부수다니. 부들부들."

현석은 전에 없이 여유로움을 느꼈다.

땅으로 떨어지는 와중에 드래곤은 브레스도 발사하지 않았다. 현석은 직감했다. 드래곤은 자신을 두려워하고 있었다. 마치 반항할 생각도 하지 못하는 것처럼, 드래곤은 무력하게 땅으로 떨어져 내렸다.

"MAX라는 건 정확하게 뭐야?"

"제가 말씀 안 드렸나요? 더 이상 올라갈 스탯이 없다는 뜻인데……"

"그러니까 그게 어느 정도야? 저 드래곤이랑 비교해서."

현석은 질문을 던지기는 했지만, 그 질문에 대한 답을 어느 정도 예상하고 있었다.

"제가 얼른 저 도마뱀 자식 잡자고 그랬잖아요."

활은 오히려 의아하다는 듯 고개를 갸웃했다.

'내 집……!'

레어 등급의 저택.

일본에서 선물해 준, 쾀만 한 크기의 대저택. 그게 날아갔다. 이렇게 약해 빠진 몬스터인 줄 알았으면 그 자리에서 잡아버리는 건데.

'이딴 놈 때문에 내 새집이 날아가?'

간만에 열 받았다. 핵으로도 어쩌지 못한 인류 최대의 재앙 드래곤은 정신을 차리며 현석을 노려봤다.

현석이 달려들었다.

"눈 안 깔아!"

현석은 다짐했다.

신혼집을 부순 저 만만한 도마뱀을 절대, 결코 쉽게 죽이지는 않으리라. 지옥을 맛보게 해주리라!

＊   ＊   ＊

미국 유니온장 에디는 침음성을 흘렸다.

"쟤… 왜 반응을 안 해?"

크리스가 안경을 고쳐 썼다. 믿을 수 없는 결론을 냈다.

"저항을 포기한 것 같습니다."

"크리스야, 크리스야. 저거 진짜 드래곤 맞지? 미국을 초토화시킨 그 괴물."

"…맞습니다."

아니라고 대답하고 싶었다. 미국을 초토화시킨 저 괴물을 단한 사람이 장난감 가지고 놀듯하고 있지 않은가.

에디는 중얼거렸다.

"그럼 진작에 와서 좀 도와주지……."

"플래티넘 슬레이어의 반응으로 보건대 플래티넘 슬레이어도 예상하지 못한 것 같습니다. 성자의 세트 그리고 천절검까지 착용하고 있는 걸로 봐서 완벽하게 준비를 해온 것 같습니다."

"그러니까 자기 나름대로는 죽을 각오를 하고 덤볐는데 덤비고 보니까 쪼렙이란 소리야?"

"…아무래도 그런 것 같습니다."

뭐 저런 사람 같지도 않은 놈이 있나 싶다.

"지금… 하고 있는 거 구타 맞지……?"

"예. 대미지 자체를 주는 것보다는 고통을 주려는 것에 초점을 둔 행동으로 보입니다만."

"왜, 왜 저러지?"

크리스는 잠시 생각하고서 말했다.

"신혼집을 부순 원흉이라서가 아닐까 생각됩니다."

현석은 주먹을 내질렀다. 이런 허접 때문에 금쪽같은 신혼집이 날아가다니… 쉽게 죽일 수 없었다.

현석이 드래곤을 인형 때리듯 마구 쥐어 패고 있다는 사실이 알려지자 언론들이 움직였다.

목숨을 걸고서라도 그 장면을 놓치지 않겠다는 각오로 후쿠야마로 몰려들었다. 예전처럼 슬레잉 장면 촬영이 금지되는 것도 아니니 특종을 놓칠 수는 없었다.

생각해 보라, 얼마나 대단한 기사거리인가. 핵조차도 어쩌지 못한 재앙을 한 사람이 두들겨 패고 있다는 사실이 말이다.

〈플래티넘 슬레이어! 인류의 구원자!〉
〈대재앙 드래곤. 슬레잉 성공의 가능성을 엿봐!〉

단순히 엿보는 정도가 아니었다. 기자들도 황당했다.

"지금… 무슨 일이 벌어지고 있는 거죠?"

눈으로 보고 있는데 믿을 수가 없었다. 저 대단한 미국조차도 초토화시켜 버린 엄청난 놈이 아니었던가.

"드, 드래곤은 어째서 반항하지 않는 거죠? 플래티넘 슬레이어의 특수 스킬인가요?"

아무래도 그 쪽으로 의견이 모아졌다.

〈플래티넘 슬레이어의 특수 스킬.〉
〈구속 계열의 강대한 마법 스킬이라 짐작.〉

숨죽이고 현석을 기다리던 인하 길드원들은 그 소식을 접하고 나서 황당해졌다. 스턴 계열에 있어서 인하 길드 내 최강자라 할 수 있는 하종원이 고개를 갸웃했다.

"현석이한테 그런 스킬이 있었어?"

다들 고개를 저었다.

"현석이한텐 그런 스킬 없는데."

명훈이 말했다.

"아마 곧 영상이 전파를 탈 테니, 그때 지켜보면 되겠네."

조금 기다리자 영상이 전파를 탔다.

하종원이 눈을 꿈뻑거렸다.

"쟤 왜 저래? 저건 마치……."

저건 마치 슬레잉이 아니라 그냥 구타를 하고 있는 것 같았다. 그 왜, 그런 거 있지 않은가. 엄청 화가 났을 때 샌드백을 두드리든지, 아니면 베개를 때리든지 하는.

하여튼 유현석의 행동은 그런 행동에 가까웠다.

평화가 그나마 합당한 의견을 내놨다.

"저희가 모르는 특수 스킬을 사용하면… 저런 동작밖에 할 수 없는 페널티가 아닐까요? 그래서 별다른 공격 못하고 그냥 구타를… 하는 것 같은데……."

물론 틀렸다. 그냥 신혼집을 부순 것에 대한 보복성 구타였다.

현석은 괜히 미국을 원망했다.

'그러게 핵은 왜 날려 가지고.'

그것 때문에 더 긴장하지 않았던가. 핵이 통하지 않는 엄청난 괴물인 줄 알아서 좀 긴장했었다.

미국이 알았으면 기함을 토하며 기절할지도 모를 생각을 반쯤 장난으로 아무렇지도 않게 해버렸다.

'미국 때문이다!'

그런데 활의 목소리가 들려왔다.

"역시 주인님은 너무너무 섹시하셔요. 활이는 주인님을 언젠가 반드시 따먹고 말 것이어요!"

자신감을 조금 회복했는지 활은 초등학생 정도의 어린 모습을 하고 있었는데, '반드시 따먹고 말겠다'라고 말하는 모양새는 굉장히 진지해 보였다.

"현재까지 드래곤을 죽일 수 있는 슬레이어는 전 세계에 딱 두 명이네요."

현석은 잠시 공격을 멈췄다.

드래곤은 바닥에 납작 엎드린 채 움직일 생각도 안 했다. 아예 저항 자체를 포기한 모양새였다. 마치 뱀 앞에 놓인 개구리처럼 말이다.

"두 명?"

"네, 두 명이요."

"나 말고 또 있어?"

"네, 있어요. 누군지는 모르겠지만요."

모른다고 말했다. 때문에 활은 또 자신감이 사라졌다. 위축됐다. 그래서 모습이 또 작아졌다.

"죄송해요. 힝……."

현석은 생각해 봤다. 두 명이라…….

자신의 입장에서야 드래곤이 약하긴 하지만 그렇다고 드래곤이 정말로 약한 개체는 아니었다.

규격 외 몬스터가 맞기는 했다. 자신이 지나치게 규격 외일 뿐이다.

더 이상 페널티가 적용되지 않는 것은 파이널 모드가 마지막이기 때문이며 어차피 더 이상 성장할 수 없기 때문에 페널티 알림이 들리지 않았다는 활의 부연설명이 있었다.

어쨌든 저 정도의 개체를 사냥할 수 있는 슬레이어가 또 있다?

'대마인은 아냐.'

모르긴 몰라도 대마인은 아닐 거다.

이바니아와 클라라는 이미 죽었다. 니콜라스 역시 아리랑에 의해 사살되었다고 알고 있다.

'그렇다면 답은……'

그렇다면 답은 하나뿐이다. 그런데, 핸드폰이 울렸다. 종원이었다.

—야, 현석아.

"왜?"

기자들은 황당해졌다. 플래티넘 슬레이어가 갑자기 공격을 멈췄다. 지쳐서 그랬다고 짐작하고 있었다. 그래서 '플래티넘 슬레이어. 이제는 지쳤나'라는 기사를 낼까 말까 고민하는 중이었다.

기자들은 그렇게 고민하고 있는데, 플래티넘 슬레이어는 기자들을 비웃기라도 하듯 태연하게 통화를 하고 있지 않은가!

"지금… 전화하고 있는 거 맞죠?"

"드래곤 앞에서 전화하고 있는 거 맞죠?"

이쯤 되면 플래티넘 슬레이어가 진짜 지친 게 맞나 싶을 정도다. 현석이 말했다.

"알았어. 그럼 그렇게 해. 위험하진 않으니까."

현석은 드래곤 앞에 앉았다.

"착하지. 가만히 있어라. 움직이는 순간 죽여 버릴 테니까."

기자들은 현석이 무슨 말을 하고 있는지 알 수 없었다.

거리가 제법 되어서 정확하게 들리지 않았으니까. 그들의 눈에는 플래티넘 슬레이어가 드래곤 앞에 주저앉은 것처럼 보였다.

〈플래티넘 슬레이어. 드래곤 앞에 주저앉다.〉

〈인류는 과연 어떻게 되는 것인가.〉

같은 시각. 민서가 워프 게이트로 향했다. 그리고 얼마 지나지 않아 민서가 일본에 도착했다.

현석이 앞에 있을 때엔 고분고분하던, 아니, 저항 자체를 포기하고 있던 드래곤은 민서를 발견하자 콧김을 내뿜기 시작했다. 분명한 적의였다.

"뭘 꼬나봐?"

현석이 뛰어 올라 드래곤의 머리를 냅다 후려쳤다.

드래곤의 머리에서 쾅! 소리가 났다. 물체의 내부를 터뜨리는 발경까지 쓴 탓에 드래곤은 꽤나 충격이 컸는지 푸르르— 푸르르— 하고 이상한 소리를 내며 고개를 좌우로 휙휙 저었다.

이미 현석은 과거에 사춘기의(?) 자이언트 터틀들을 교육시킨 경험이 있다. 이런 교육쯤은 이제 익숙하다.

더군다나 드래곤쯤 되는 상위급 몬스터는 어느 정도 사람의 말도 알아듣는 것 같았다.

"눈 깔라고 했다. 또 맞고 싶냐?"

현석이 주먹을 들어 올리자, 인류 최대의 재앙이었던 드래곤은 풀이 죽어 바닥에 납작 엎드렸다.

"오빠."

"엉?"

"별로야."

"뭐가?"

민서는 고개를 갸웃했다.

자이언트 터틀이나 오우거를 봤을 때에는 이상한 기분이 들었다. 반드시 테이밍을 해야만 할 것 같은 기분이 들었었는데 지금은 아니었다.

"별로 테이밍할 기분이 아냐."

"그래도 시도는 해봐."

현석이 민서의 어깨를 토닥여 줬다. 사람이 좋아하는 음식만 먹고 살 수는 없지 않은가.

"저거, 자가용으로 쓰면 딱이잖아."

이동속도는 둘째 치고서라도 저 드래곤은 워프라는 특수한 능력을 사용한다. 순간 이동하는 탈 것, 그 메리트가 대단하지 않은가.

'그러고 보니 민서의 눈이 정상이네.'

자이언트 터틀을 볼 때면 눈이 하얗게 물들었었는데 지금은 아니었다. 민서의 눈이 반응하는 두 종류의 몬스터가 있다. 하나는 자이언트 터틀, 하나는 오우거. 오우거는 아직 테이밍하지 못했지만 말이다.

한편, 기자들은 유민서가 이곳에 도착한 것을 보고 깜짝 놀랐다.

"서, 설마……"

그 설마가 맞는 것 같다. 지금 플래티넘 슬레이어는 핵조차도 어쩌지 못한 그 괴물을 자신의 수중에 넣으려고 하고 있는 것이었다.

"테, 테이밍이라고?"

"말도 안 돼!"

안 그래도 유민서의 자이언트 터틀 군단은 이미 유명하다.

유민서와 강평화가 힘을 합치면 어지간한 나라를 쓸어버리는 건 일도 아니라는 말까지 있었다. 그런 유민서가 이제 드래곤까지 테이밍한다면?

안 그래도 세계 1위의 인하 길드는 이제 손이 닿지 않는 천상계에 군림하게 될 것이라는 게 기자들의 생각이었다.

〈충격! 버퍼—테이머 유민서 도착.〉
〈유민서는 과연 테이밍에 성공할 것인가!〉

지금 플래티넘 슬레이어의 드래곤 슬레잉은 전 세계의 관심사다. 인터넷이 뜨겁게 달아올랐다. 소속 불문, 국적 불문. 모든 사람들이 열띤 논쟁을 이었다.

─아무리 그래도 수많은 사람을 죽인 괴물인데 어떻게 테이밍을 함? 죽여야지.

─아니지. 요즘 같은 세상에 강한 전력이 하나라도 더 있으면 좋은 거지. 감정이 아니라 이성적으로 살펴보면 테이밍은 반드시 해야 함.

─이성적으로 생각해 본다면 당연히 죽여야 함. 사람 물어 죽인 동물은 당연히 죽이는 거 모름? 이득 문제를 떠나서 도의적인 관점에서 접근해야 함.

―도의는 개뿔. 뭔 놈의 도의. 플슬 입장에서 저건 돈임. 그것
도 황금 알을 낳는 도마뱀. 근데 죽이려고 하겠음? 돈 있으면 땅
부터 사재기할 놈들이 도의 타령하시네. 썹선비들 좀 꺼지셈.

현석의 의중과는 상관없이 전 세계의 사람들이 이 사건을 두
고 이러니저러니 말이 많았다.

"오빠. 안 돼. 못 해."

"왜?"

"실패야."

"다시 시도해 봐. 뭣하면 내가 좀 더 패놓을까?"

그 말을 알아들었는지 드래곤이 몸을 부르르 떨었다. 눈을 질
끈 감는 게 보였다.

"야. 너 내 말 알아듣냐?"

드래곤에게서 반응은 없었다. 그래서 현석이 말했다.

"지금 당장 고개를 한 번 끄덕이면 살려주고, 아니면 바로 죽
이고."

현석이 한 발자국 앞으로 움직임과 동시에 드래곤이 황급히
고개를 위아래로 움직였다. 이로써 확실해졌다. 저 드래곤은 사
람의 말을 알아듣는다.

민서는 몇 번이나 테이밍을 더 시도해 봤지만 소용없었다.

현석은 생각했다.

'어쩔 수 없나.'

테이밍하는 게 제일 좋다. 그 다음 차선책으로 생각할 수 있
는 것이 테이밍을 하지 않고 애완동물처럼 기르는 거다.

'하지만 저 덩치를 감당하려면……'

테이밍을 하면 역소환이 가능하다.

'똥도 어마어마하게 싸겠지.'

아무래도 관리가 힘들 것 같다.

'그리고 이놈은 잡는 게 여러모로 이득이 될 거야.'

현석은 결정을 내렸다.

이 괴물은 사람을 너무 많이 죽였다. 테이밍하여 수족으로 부릴 수 있다면 그렇게 하겠지만 단순히 애완동물처럼 키우기에는 리스크가 너무 크다.

자신 외에 다른 사람들이 컨트롤할 수 있을지도 모르겠고, 아니, 유민서에게 적대적인 반응을 보인 것으로 봐서 자신을 제외한 다른 사람들은 이 괴물을 다루지 못할 거란 확신이 들었다.

현석이 회오리를 사용했다. 현석이 가진, 단일 개체를 대상으로 하는 마법 중에서 가장 파괴력이 큰 마법이다. 그리고 빠르게 달려들었다.

목숨의 위협을 느꼈는지 드래곤은 황급히 하늘로 날아오르려고 했다. 이번에는 정말로 죽겠다는 걸 느낀 모양이었다.

그러나 날지 못했다.

콰과광!

거대한 폭발음이 들려오고 회오리가 몰아치자, 드래곤의 H/P는 0이 됐다.

인류의 존속 자체를 위협하던 무시무시한 괴물의 최후치고는 너무 황당했다.

—프, 플래티넘 슬레이어! 드래곤 슬레잉에 성공했습니다!

　—해, 핵조차도 어쩌지 못했던 드래곤을, 개인이 사살했습니다!

　이 사건은 전 세계를 떠들썩하게 만들었다. 생각해 보라. 미국의 전략핵조차도 어쩌지 못했던 괴물을 혼자서 처리했다. 그것도 마치 장난감을 가지고 놀듯이 말이다. 굉장히 쉽게 사냥했다.

　미국 유니온장 에디는 믿을 수 없었다.

　"이런 게 도대체 어떻게 가능한 거지……."

　"예전부터 조심스레 예측하고 있던 그 사실이 맞는 것 같습니다."

　"유현석 역시 앱서버라는 것 말인가?"

　에디는 주위를 살펴봤다. 크리스를 제외하고 아무도 없었다. 목소리를 조금 낮췄다.

　"유럽에서 일어난 대폭발 역시 플래티넘 슬레이어의 짓이겠지?"

　"그렇지 않고서야 인하 길드원들이 살아난 것을 설명할 수가 없습니다. 플래티넘 슬레이어의 공격이었을 겁니다."

　이젠 확신이었다.

　"핵으로도 처리하지 못했던 드래곤을 죽였습니다. 그 정도의 힘을 가진 플래티넘 슬레이어입니다. 폴란드를 지워 버리는 것도 가능했을 겁니다. 그리고… 100만 명의 시민을 몰살했죠. 앱서버나 블랙 나이트는… 일반 사람들을 죽이면 능력이 훨씬 강해집니다."

"그건 나도 알아."

에디는 침음성을 흘렸다. 이 가정이 사실이라면 정말 심각한 문제다. 플래티넘 슬레이어가 일부러 100만 명을 죽였을지도 모를 일 아닌가.

어쩌면 유럽에서 나타났던 대마인은 대마인이 아닐 수도 있었다. 지금은 정상처럼 보이는 플래티넘 슬레이어가 대마인일 가능성도 있었다.

'지금이야 제정신을 차리고 있다지만……'

만약 마성이 발작하여 미치기라도 한다면, 그땐 손쓸 수 없을 거다. 애초에 건드리지도 못했던 드래곤을 어린애 가지고 놀듯 가지고 논 플래티넘 슬레이어.

머리가 아파왔다.

"크리스, 우리는 어떻게 해야 하지? 그리고 우리의 가정을 발설해야 할 필요가 있을까?"

크리스는 잠시 생각에 빠졌다가 말했다.

"현재로서 우리가 할 수 있는 건 아무것도 없습니다. 어떠한 제재도 가할 수 없고, 그 사실을 통해 어떠한 협박도 할 수 없습니다. 그는 수틀리면 인류를 멸망시키고도 남을 힘을 가졌습니다. 이 상황에서 100만 명을 몰살시킨 그 사건에 대한 정황을 파악하고 있다는 건 오히려 우리 쪽에 불리한 패입니다."

아예 몰랐다면 상관없다. 그냥 모른 채로 살아가면 되니까.

"무조건 비밀을 엄수하셔야 합니다. 입 잘못 놀렸다가 플래티넘 슬레이어가 열 받기라도 하면……"

에디는 침을 꿀꺽 삼켰다. 그땐 몇 개 주가 아니라 미국 전체가 날아갈 수도 있겠다는 생각이 들었다. 크리스가 말을 이었다.

"하여튼… 돌이키기엔 너무 많이 왔습니다. 우리는 플래티넘 슬레이어와 절대로 척을 지면 안 될 겁니다."

가볍게 결론을 내렸다.

"우리 플래티넘 슬레이어한테 잘 보입시다."

그게 미국 유니온의 결정이었다.

＊　　　　＊　　　　＊

플래티넘 슬레이어의 드래곤 슬레잉 사실은 전 세계적으로 대서특필 되었다. 플래티넘 슬레이어는 이제 명실공히 인류의 구원자로 자리매김하게 됐다.

[(+)명성이 상승했습니다.]
[(−)명성이 상승했습니다.]

현석은 쉴 없이 들리는 그 알림음에 노이로제에 걸릴 지경이었다. 알림음이 안 들리게 할 수도 없고, 참 난감했다.

드래곤을 슬레잉하면서 얻은 보상을 떠올려 봤다.

가장 먼저, 대체 불가능한+2 신체의 신체 진화율이 98프로에서 99프로로 상승했다. 100프로가 된다면 대체 불가능한+3 신체를 가지게 될 수 있을 거라고 막연히 예측하고 있는 중이었다.

'그래도 이건 대박이네.'

드래곤을 잡았더니 아이템이 많이 드롭됐다. 확실히 파이널 모드 규격의 몬스터라서 그런지 보상도 짭짤했다.

"워프 스킬북이랑……."

스킬북은 원래부터 희귀하다. 그런데 워프 스킬북이 드롭됐다.

편리한 자가용 얻기는 실패했지만 대신 순간이동 마법을 얻었다. 제약은 물론 있었다. 적어도 한 번 이상 가봤던 곳만 이동이 가능했다.

뿐만 아니라 '드래곤 하트'라는 아이템도 드롭됐다. 이건 영약의 일종이었다. 한 번 복용 시, 모든 신체 능력을 완벽하게 복원시켜 주는 효능을 가지고 있었다.

"활이도 한 입만 주세요!"

재미있는 건 이 드래곤 하트라는 것이 자체 복구기능이 있어서 한 입을 베어 먹었을 시. 하루가 지나면 다시 원래의 모습대로 돌아온다는 것이다.

이것 외에도 보상은 또 있었다.

"야야, 그거 들었어?"

"뭐?"

"플래티넘 슬레이어가 잡은 드래곤. 거기서 검은색 몬스터스톤이 나왔대."

"그럼 블랙 등급?"

"와~ 그건 도대체 얼마만큼의 가치를 가지는 거야?"

몬스터스톤은 의식주를 해결해 주는 근본이 되는 아이템이다. 인간의 기본 생활을 영위시켜 준다는 점에 있어서 그 가치는 무궁무진하다고 할 수 있겠다. 그런데 그냥 스톤도 아니고 무려 블랙 등급의 스톤.

"모르겠어. 그거 하나면 전 세계의 아이템들을 종류별로 전부 살 수 있다는 것 같은데?"

"대박이다."

현석은 놀고먹어도, 아니, 숨만 쉬어도 몬스터스톤이 실시간으로 쌓여간다.

남한 면적의 100배가 넘는 광활한 토지를 가지고 있는데, 심지어 그 토지가 죄다 알짜배기 땅—슈퍼 웨이브가 나타났던—이지 않은가. 하지만 역시 부는 많으면 많을수록 좋은 법이다. 적어도 나쁘지는 않다.

"그 사람은 그렇게 스톤을 쌓아서 어디다 쓴대?"

그리고 얼마 지나지 않아 아리랑에서 한 가지 발표를 했다.

"그 얘기 들었어? 플래티넘 슬레이어와 인하 길드가 주최해서 하급 슬레이어들을 위한 아이템 자선 행사를 연다는 것 같은데."

플래티넘 슬레이어는 단순히 인류의 구원자가 아니었다. 몬스터로부터 구해주는 것을 넘어서 당장 생활하기에도 급급한 슬레이어들을 위해 아이템 나눔 행사를 펼쳐줬다.

〈플래티넘 슬레이어! 하루 3억 개의 몬스터스톤. 사회를 위해 쾌척!〉

〈플래티넘 슬레이어의 눈부신 선행. 그의 선행은 도대체 어디까지인가!

그런 아들의 선행에 아버지인 세권은 현석의 등을 두드려 줬다.

"장하다, 내 아들. 세상은 혼자 사는 게 아니야. 그렇게 베풀면서 살면 언젠가 반드시 복이 찾아온다."

세권은 하나뿐인 아들을 정말 대견하다는 듯 쳐다봤다.

현석이 피식 웃었다.

"너무 남아돌아서요."

"그렇다고는 해도 자신의 부를 움켜쥐고 살아가는 사람들이 얼마나 많은데. 넌 정말 대단한 거야. 장하다. 정말 장해."

그거야 일반적인 부자들의 얘기다. 일반적인 부자들은 자신의 부를 놓치기 싫어한다. 재벌들이라고 해도 마찬가지다. 재벌들한테도 돈은 소중하다. 부는 많으면 많을수록 좋은 거니까.

그런데 현석은 부자나 재벌의 스케일을 지나치게 뛰어 넘었다.

남들이 보기엔 억 소리 나겠지만 현석의 입장에서 이 정도 기부는 길거리에서 마음에 드는 물건을 발견했을 때, '어 사야겠다' 하고 사는 정도 밖에는 안 된다.

다만 다른 사람들이 보기에 그 물건이 남들은 꿈에서만 만져 보는 슈퍼카쯤 된다는 게 문제라면 문제겠지만.

[(+)명성이 상승했습니다.]

명성이 계속해서 상승했다. 그러한 가운데 다른 알림음도 들려왔다.

[파이널 모드 클리어 조건이 확인되었습니다.]
[파이널 모드. 파이널 보스 퀘스트를 판정합니다.]

시간이 흘렀다. 현석은 괜히 불안해졌다. 파이널 모드의 파이
널 보스란다. 드래곤은 아마 보스는 아니었던 것 같다.

'파이널 보스 퀘스트?'

시간이 오래 걸린다는 건, 그만큼 시스템에서 여러 과정을 거
치고 있다는 뜻이다. 보상의 경우, 시간이 오래 걸리면 오래 걸릴
수록 컸다. 그렇다면 보스 퀘스트의 경우.

'난이도 설정 때문에 시간이 오래 걸리는 건가?'

[판정이 완료되었습니다.]
[파이널 보스 퀘스트 생성 완료.]

활이 호들갑을 떨었다.
"주인님! 주인님! 주인님! 저에게도 정보가 갱신됐어요!"

CHAPTER 6

[파이널 보스 퀘스트 생성 완료.]

활이 호들갑을 떨었다.

"주인님! 주인님! 주인님! 저에게도 정보가 갱신됐어요!"

"정보가 갱신됐다고?"

활이 설명을 이었다.

"주인님께 주어지는 파이널 보스 퀘스트에요. 총 세 가지 관문으로 이루어져 있어요."

현석은 순간 인상을 찡그렸다. 세 가지 관문이라니.

"활아."

"네?"

"파이널 보스 퀘스트라는 건 이제 더 이상 강한 몬스터는 나타나지 않는다는 거야?"

활은 아는 게 나와서인지 몸집을 크게 부풀렸다. 약 3미터 정도 되어 보이는 성인 여자의 모습이었다. 실체를 가진 활이 활활 타올랐다.

"네! 파이널 모드는 마지막 모드예요. 파이널 보스 퀘스트를 어떻게 처리하느냐에 따라 차후의 난이도가 달라져요."

활은 드래곤이 얼마나 센지. 그러니까 현석과 비교하면 얼마나 약한 몬스터인지 제대로 설명해 주지 않아서 혼이 났었다. 그래서 이번에는 아는 모든 것을 설명하려고 무던히도 애썼다.

"파이널 보스 몬스터를 빠르고 효율적으로 처리할수록 더 좋은 세상이 올 것이어요."

현석은 생각에 잠겼다.

파이널 보스 몬스터, 이들을 처리하면 이제 더 이상의 난이도 상승은 없단다. 활이 저렇게 확실하게 얘기하는 것을 보면 분명했다.

'세 가지 관문이라면… 세 마리의 몬스터인가. 그도 아니면……'

던전 같은 형식일 수도 있다.

던전을 깨고 나오는 최종 보스가 파이널 보스 몬스터일 수도 있다. 아직은 제대로 감이 오지 않았다.

"보스 몬스터는 총 세 마리예요. 그중 첫 번째는 이미 공개가 되어 있어요. 두 마리는 물음표로 표시되고 있구요."

활은 신이 났는지 더 크게 타올랐다. 이젠 5미터 크기가 됐다. 활은 품 안을 뒤적거리다가 무언가를 하나 꺼냈다.

"주인님, 이거요."

현석은 그것을 받아 들었다.

"인벤토리에 넣어서 확인해 보세요."

아이템의 이름은 '결투장'.

내용을 살펴봤다. 다른 건 잘 모르겠고 두 글자가 눈에 들어왔다.

검왕.

이 두 글자가 보였다.

'검왕의 결투장이라고……?'

예전에 검귀를 상대한 적이 있다. 아무래도 그보다도 상위 개체인 것 같았다.

'검귀보다 상위 개체라면……'

결투장에는 Y/N를 선택할 수 있는 기능이 포함되어 있었다.

24시간 내에 Y를 선택해야 한다고 되어 있었고, 그 시간이 지나게 되면 지구상 어딘가에 무작위로 나타나게 될 거라는 설명이 추가되어 있었다.

현석이 물었다.

"활아, 검왕은 얼마나 강해? 나랑 비교해서."

활의 크기가 작아졌다. 그걸로 대답은 됐다. 활도 모르는 거다. 현석은 그렇게 생각했다.

"모르면 됐어. 그렇게 풀 죽을 필요 없어."

활이 중얼거렸다.

"죄송해요. 한 방이 될지, 두 방이 될지. 세 방이 될지… 잘 모르겠어요."

*   *   *

파이널 보스 퀘스트 성공시의 보상은 '+1' 스탯을 준다고 했다. 지금에 이르러서 그게 얼마나 효과가 있을는지는 모른다. 다만 MAX에다가 +1을 넣게 되면 어떻게 될지 현석도 잘 몰랐다.

그도 아니면 '대체 불가능한+2' 칭호에 +1을 넣어도 되고 말이다. 일단 그러한 보상이 중요한 건 아니었다.

현석이 말했다.

"파이널 보스 퀘스트가 떴어요."

성형이 되물었다.

"파이널 보스 퀘스트?"

현석은 아는대로 설명을 이었다. 다만, 활의 마지막 말은 설명해 주지 않았다.

활은 분명 말했다. 한 방이 될지, 두 방이 될지, 세 방이 될지 모르겠다고. 하여튼 확실한 건 현석이 훨씬 강하다는 말이었다.

"얼마나 강할지는 모르는 거고?"

"네. 확실하게는 잘 모르겠네요. 일단 사막 쪽으로 가서 싸우려고 생각 중이에요."

주변이 초토화될 가능성이 농후했다. 그래서 장소는 북미의 그레이트 솔트레이크 사막으로 정했다.

"대중에게는 알리는 게 좋을까?"

"글쎄요."

아리랑은 이미 명실공히 세계 최고기관이다. 세계정부라는 말이 나오고 있을 정도니까.

"네 퀘스트는 세계의 희망이 될 수 있어."

희망이란 건 의외로 굉장히 중요한 역할을 한다. 아무리 절망적인 상황이더라도 희망이 있으면 극복할 수 있다.

그리고 지금의 경우가 그랬다. 이 퀘스트만 끝내고 나면 이제 더 이상의 난이도 상승은 없다.

시간이 지나면 지날수록 슬레이어들의 수준은 높아질 거고 그렇게 되면 인류는 제2의 전성기를 누릴 수 있게 될 거다.

그러나 문제도 있었다.

"만약에라도 제가 실패했을 때의 후폭풍은요?"

"흠……."

결국 현석이 결론을 내렸다.

"일반 대중들한테는 일단 비밀로 하죠. 성공한 이후에 발표하는 게 낫겠어요."

만약 실패한다면, '파이널 보스 퀘스트'라는 것이 있다는 것만 알리면 된다. 그때 가서 희망의 존재를 말해줘도 될 것 같다는 판단이 들었다.

박성형이 말했다.

"괜찮… 겠냐?"

아마 괜찮을 거다. 활은 확실한 것만 말한다. 애매한 게 있으면 모른다고 대답한다.

'쉽게 죽일 수 있을 것 같은데요. 일단, 검왕은.'

현석이 어깨를 으쓱했다.
"해봐야죠, 뭐."

*   *   *

현석은 그레이트 솔트레이크 사막으로 향했다. 결투장을 꺼내 들었다.

[검왕의 결투장]
파이널 보스 몬스터, 검왕이 당신에게 결투장을 보냈습니다. 세계의 최강자를 가리기 위함입니다. 초대를 응하시려면 Y를, 거부하시려면 N를 선택하여 주십시오.

단, 24시간이 지나거나 N를 선택하면 검왕은 지구상 어딘가에 무작위로 나타나게 됩니다.

남은 시간: 2시간 24분.

아리랑은 정보력을 총동원했다. 이번 결과에 따라서 인류의 운명이 뒤바뀔 수도 있으니까. 미국 유니온장 에디가 말했다.
"플래티넘 슬레이어에게 우리의 미래가 달렸군요."
아리랑에는 한, 중, 미, 일을 비롯한 20여 개국의 유니온장들이 모인 상태다. 장위펑이 말했다.
"인류의 미래와 운명이 한 사람의 손에 달려 있다니. 참 아이러니한 일입니다."

모두가 모니터를 지켜봤다. 장위펑이 다시 물었다.

"검왕의 무력에 대해선 알고 계십니까?"

시선이 박성형에게 쏠렸다. 누가 뭐래도 박성형은 플래티넘 슬레이어와 직접적인 연관이 가장 많은 사람이고 가장 친한 사람이기도 했으니까. 박성형은 고개를 절레절레 저었다.

"저도 잘 모릅니다."

장위펑이 한숨을 내쉬었다.

"플래티넘 슬레이어를 믿고 지켜보는 수밖에 없겠군요."

그레이트 솔트레이크 사막. 현석은 Y를 선택했다. 사막이 진동하기 시작했다. 마치 작은 지진이라도 일어난 것처럼 모래알들이 양옆으로 마구 흔들리기 시작했다.

현석을 기준으로 전방 약 10미터 정도 떨어진 곳에 푸른빛 기둥이 생성됐다. 그 빛기둥은 하늘을 향해 높이 솟구쳤다.

그리고 목소리가 들려왔다.

"네가 유현석이냐?"

남자의 목소리였다. 현석은 앞을 쳐다봤다. 푸른색 도포를 입고 왼쪽 허리에 검을 한 자루 차고 있는 남자가 보였다. 나이는 50대 정도 되어 보인다.

'사람과 완전히 똑같다.'

검귀만 해도 사람과는 다른 느낌이었다. 그러나 저 남자는 완벽하게 사람과 똑같았다. 몸에 푸른 기류가 감돌고 있다는 것만 제외하면 말이다.

현석도 지지 않고 대꾸했다.

"네가 검왕이냐?"

어차피 싸우러 왔다. 기 죽으면 안 된다. 검왕은 피식 웃었다.

"본좌에게 그런 말투를 쓰는 놈은 오랜만이구나. 하지만 알고 있느냐?"

"……"

"본좌에게 그런 말투를 쓴 놈은 이미 이 세상에 없음을."

활이 버럭 소리를 질렀다.

"꼴깝 떨지 마! 한 주먹 거리도 안 되는 게!"

그러고서 활은 무섭기라도 한지 현석 뒤에 얼른 숨었다. 현석이 말했다.

"네가 그렇게 세냐?"

"검왕의 이름이 모든 것을 대변하지."

현석이 다시 말했다. 혹시나 싶어 미리 생각해 놓은 건데, 어쩌면 통할지도 모르겠다는 생각을 했다.

"원래 고수는 하수에게 삼 초의 여유를 준다고 들었다."

여기서의 초란 시간을 의미하는 건 아니었다. 쉽게 말해, 현석은 자신에게 3번의 공격 우선권을 달라는 소리였다.

검왕이 말했다.

"삼 초를 양보하겠다. 전력을 다해야 할 것이야."

현석은 속으로 쾌재를 불렀다. 혹시나 싶어서 던진 말인데 제대로 물었다. 그리고 살살할 생각은 없다.

아무리 활의 보증이 있었다지만 상대는 '파이널 보스 몬스터'다. 쉽게 볼 수는 없다. 적어도 드래곤보다는 강할 것이다.

'검귀만 해도 충분히 무시무시한 상대였어.'

검왕을 만만히 보고 있는 건 아니다. 현석도 현석 나름대로의 충분한 준비를 갖췄다. 성자의 세트를 모두 착용했고 천절검 역시 인벤토리에 모셔져 있다. 꺼내 들기만 하면 된다. 여기에 몇 가지 준비를 더 했다.

'카피.'

혹시 모른다. 검왕의 힘이 생각보다 강할지도. 그래서 카피를 사용했다. 카피된 능력치가 높으면 좋은 거고 아니어도 어차피 본전이다. 생명력이 깎여 나가겠지만 그건 검왕을 흡수하면 될 일이다.

'잠능 폭발.'

그리고 잠능 폭발을 사용했다. 원래 과거에는 잠능 폭발을 사용하는 것이 불가능했었다. '대체 불가능한' 칭호에 막혀서 그랬다.

그런데 마인전쟁 이후로는 잠능 폭발을 사용할 수 있게 됐다.

아마도 '앱서버'로서의 능력이 월등하게 높아지면서 '대체 불가능한' 칭호가 저항할 수 있는 등급보다 더 높은 등급이 잠능 폭발에 적용되었기 때문이라고 짐작하고 있다.

스탯을 소모하며 능력치를 끌어 올리는 스킬. 현석은 이 스킬의 위험성을 충분히 인식하고 있다.

'빠르게 끝을 내야 해.'

현석은 천절검을 꺼내 들었다. 그때 검왕이 다시 말했다.

"잠깐."

"……"

"네가 어떻게 천절검을 갖고 있는 것이냐?"

한편, 위성으로 상황을 지켜보던 아리랑 수뇌부들은 답이 나오지 않는 토론을 이어갔다.

"어째서 대치하고 있는 거죠?"

"글쎄요. 뭔가 얘기를 나누고 있는 것 같기는 한데……. 검왕은 사람과 완전히 똑같은 모습을 하고 있군요."

"검왕이 무언가 반응을 보인 것 같습니다. 소리가 안 들리니 도무지 모르겠군요."

그들은 플래티넘 슬레이어의 손짓 하나, 검왕의 손짓 하나에 주의를 기울였다. 그들의 입장에서는 그럴 수밖에 없다. 인류의 명운이 걸린 일이니까.

"저, 저게 뭡니까?"

아까 빛기둥이 치솟아 오를 때도 놀랐었다. 그런데 지금은 더욱 놀랐다. 모래알들이 하늘로 마구 치솟아 오르기 시작했기 때문이다. 마치 하늘에 엄청나게 거대한 진공 청소기가 있어서 모래를 빨아올리는 것 같았다.

성형도 침음성을 삼켰다.

'검왕이… 분노한 것 같은 모양새다.'

검왕이 검을 빼 들었다.

"네가 검귀를 죽였나?"

현석은 뭔가 잘못되었음을 느꼈다. 검왕을 감싸고 있던 푸른 기류가 더욱더 강해졌다. 세차게 휘몰아쳤다. 마치 검왕은 폭풍의 핵이며, 푸른색 기류가 폭풍이 된 것 같은 느낌이었다.

'분위기가 달라졌다.'

아무래도 검왕은 검귀와 어떠한 관련이 있는 것 같았다.

"네가 검귀를 죽였으니 나 또한 너를 죽이고 말리라!"

삼 초를 양보하겠다던 검왕의 모습이 순식간에 사라졌다.

*   *   *

현석이 말했다.

"그래서 뭐?"

현석은 손을 뻗었다.

[대체 불가능한+2 신체가 저항합니다.]

검왕의 검을 맨손으로 잡아냈다. 검왕은 검을 빼내려고 힘을 끌어 올렸다. 땅이 진동했다.

"삼 초 양보한다며?"

현석이 손에 힘을 주자 검왕의 칼이 부러졌다. 위성으로 상황을 지켜보던 아리랑의 간부들은 눈을 크게 떴다.

"저 몬스터. 파이널 보스 몬스터라고 하지 않았습니까?"

성형으로부터 검귀에 대한 설명을 들었다. 현재 홍세영이 가지고 다니는 천절검 역시 검귀에게서 드롭된 아이템이며, 오우거 조차도 단칼에 잘라내는 능력을 가지고 있지 않았던가.

"검귀보다 상위급 개체일 텐데……."

그런데 플래티넘 슬레이어는 맨 손으로 검왕의 칼을 붙잡았다. 거기서 그치지 않고 칼을 부러뜨려 버렸다.

장위평은 속으로 침음성을 삼켰다.

'역시 플래티넘 슬레이어다.'

요즘 들어 성향이 많이 변했다고는 하지만 기본적으로 장위평이 파악한 현석은 안전제일주의자다. 안전하지 않은 일에는 몸을 던지지 않는 경향이 강했었다.

'그렇게 따지면… 여태까지 모든 행보가 철저한 계산 속에서 이루어지고 있다는 건가?'

아무래도 그렇게밖에 생각할 수 없었다. 지금의 저 능력, 플래티넘 슬레이어가 과연 몰랐을까? 아니라고 생각했다.

'처음 드래곤이 나타났을 때, 플래티넘 슬레이어는 맞서 싸우지 않고 도망쳤다.'

그렇다면 그 의도가 뭘까.

'레어 등급의 대저택을 부술 수 있는 엄청난 몬스터. 이슈화를 시키기 위해 일부러 도망쳤던 건가?'

일부러 도망쳐서 준비하는 시간을 갖는 척을 했다.

'그리고 미국이 초토화될 때까지 구경만 하고 있었다. 미국을 길들이려는 의도일 가능성이 높아.'

물론 현석은 그 당시까지만 해도 드래곤이 정말로 강한 줄 알았었다. 하지만 장위평의 생각은 달랐다.

'폴란드에서의 100만 명 학살, 언론 플레이, 미국 초토화 그리고 적절한 시기의 드래곤 슬레잉. 그 모든 것이 플래티넘 슬레이어의 머릿속에서 나온 계획이란 뜻이겠군.'

플래티넘 슬레이어는 단순히 안전제일주의자가 아니었다. 그는 상상 이상으로 치밀하며 잔인하기까지 한 남자였다. 장위평은 침을 꿀꺽 삼켰다.

'절대로… 절대로 잘못 보여선 안 될 사람이다. 실로 무서운

사람이다.'

만약 그가 어중이떠중이, 그러니까 약간의 힘만 가지고 있었다면 이러한 일들을 수면 위로 끄집어 올려 플래티넘 슬레이어를 추락시킬 수 있었을 거다. 그러는 게 아리랑 입장에서도 좋다.

기반이 약해진 플래티넘 슬레이어를 자신들의 입맛대로 휘두를 수 있을 테니까.

그러나 플래티넘 슬레이어는 아니었다. 약간의 힘이 아니라 절대적인 힘을 가졌다. 실제로 핵조차도 처리 못한 드래곤을 장난감 가지고 놀듯 두드려 패지 않았던가. 일신의 능력이 핵보다도 강한 사람이다.

'플래티넘 슬레이어가… 우릴 좋게 봐주길 바라야지.'

지금 당장은 그것 말고 할 수 있는 게 없었다. 그건 장위평 뿐만 아니라 아리랑 수뇌부들의 공통적인 생각이었다.

누군가 말했다.

"저, 저기 보십시오!"

영상에 황당한 장면이 잡혔다.

*　　　　　*　　　　　*

활은 현석의 뒤에 숨어서 연신 외쳤다.

"한 주먹 거리도 안 되는 게 까불고 있어!"

검왕은 부러진 자신의 검과 현석을 번갈아가면서 쳐다봤다. 그러더니 이내 털썩 무릎을 꿇었다.

"죽여라."

물론 살려둘 생각은 없었다. 그런데 이 '검'과 관련된 몬스터들은 아무래도 자신의 무기에 커다란 애착이 있는 것 같았다. 검귀 때도 그러더니 이번에도 마찬가지였다. 검을 잃으면 모든 것을 잃는다고 생각하는 것 같았다.

　'아무리 그래도 파이널 보스 몬스터인데 너무 쉬운 거 아냐?'

　일이 너무 쉽게 풀리자 오히려 걱정이 될 지경이다.

　"활아, 얘 죽여도 될까?"

　사람과 완전히 똑같은 모양을 하고 있다 보니 아무래도 좀 신경도 쓰였다. '이 한 주먹 거리도 안 되는 놈!'하고 외치던 활의 목소리가 작아졌다.

　"주인님이 어떻게 처리하느냐에 따라서 차후 난이도가 달라질 것이어요. 제가 가지고 있는 정보는 그게 전부예요."

　현석은 마음의 결정을 내렸다. 어차피 죽이긴 죽일 거다.

　콰과광!

　폭발음이 터져 나왔다. 현석의 주먹이 검왕의 관자놀이를 때렸다. 그와 동시에 윈드 커터 수천 발이 순식간에 쏟아져 나갔다. 뿐만 아니라 회오리까지 동시에 사용했다.

　그 모습을 보며 아리랑 수뇌부들은 할 말을 잃었다. 무슨 할 말이 있겠는가. 파이널 보스 몬스터를 저렇게 쉽게 요리하는데.

　적어도 드래곤보다는 강한 개체인 것이 분명했는데 드래곤은 물론이고 검왕조차도 저렇게 잡아 버렸다. 뭐 저런 놈이 다 있나 싶을 정도다.

　현석에게 알림음이 들려왔다.

[파이널 보스 몬스터, 검왕을 슬레잉했습니다.]
[역사에 길이 남을 업적으로 인정됩니다.]

파이널 보스 몬스터.

세 가지 관문 중 첫 번째 관문이라 할 수 있는 검왕을 생각보다 너무 쉽게 죽였다.

'이게 올 스탯 MAX의 힘인가……'

대단하다고 느끼면서도 여전히 조금 불안했다. 일이 너무 쉽게 풀리지 않는가. 차라리 레드돔 때에 이것보다 훨씬 고생했었다.

'너무 쉬운데, 불안한데.'

그 불안함은 이내 현실로 찾아왔다.

[퀘스트 클리어 조건을 판정합니다.]

시간이 좀 걸렸다.

[두 번째 관문. 강제 발동 조건이 성립됩니다.]
[난이도가 대폭 상향 조정됩니다.]

그리고 세상이 어둡게 물들었다.

＊　　　　＊　　　　＊

아리랑에 비상이 걸렸다. 전 세계가 혼란에 휩싸였다. 전에도 비슷한 상황을 경험한 적이 있다. 세상에 레드 스카이가 도래했을 때 그랬었다.

성형이 하늘을 올려다봤다.

'블랙… 돔인가……'

아무래도 그게 맞는 것 같다.

이제 하늘은 붉은색이 아니라 검은색이었다. 다들 할 말을 잊었다. 무슨 말을 해야 할지 모두의 머릿속이 하얗게 변해 버렸다.

야마모토가 가장 먼저 입을 열었다.

"블랙… 돔이군요."

레드보다 블랙이 더 상위 등급이라는 건 이미 알고 있다. 레드돔에서도 인류의 1/3이 사라졌다.

그렇다면 그것보다도 더 높은 등급의 블랙돔이라면… 어쩌면 인류는 멸망의 길을 걷고 있는 것일지도 모른다.

인하 길드원들도 하늘을 쳐다봤다. 가장 먼저 이상하다는 걸 알아차린 사람은 종원이었다.

"야, 하, 하늘 좀 봐!"

인하 길드원들도 놀랐다. 욱현도 하늘을 봤다.

"어두워졌다고? 이거 설마……"

막내인 거북 백사십오와 놀고 있던 민서가 바닥에 주저앉았다.

"블랙돔?"

거북 백사십오의 상태도 조금 이상했다. 청록색에 가깝던 피부가 검은색으로 변해갔다. 방금 전까지만 해도 민서와 장난을 치던 아기 거북이었는데―크기는 약 1미터 정도―민서의 손가락을 깨물었다.

평화가 얼른 외쳤다.

"힐!"

깜짝 놀란 민서는 거북 백사십오를 얼른 역소환시켰다. 평화가 얼른 달려왔다.

"괜찮아?"

"언니가 힐 써준 덕분에 괜찮아."

빠르게 힐을 해주기는 했지만 그사이 피를 꽤 흘렸다. 강평화도 고개를 들어 하늘을 쳐다봤다.

"블랙돔이라니… 무슨 일이 벌어지고 있는 거야……?"

온순하던 거북 백사십오가 난폭해졌다. 그렇다는 말은 다른 몬스터들도 그럴 거라는 소리다.

테이밍된 몬스터가 저 정도면, 일반 몬스터들은……. 상상만 해도 끔찍하다.

현석도 주위를 둘러봤다. 하늘이 시꺼멓게 물들어 있었다.

"블랙돔……?"

활이 대답했다.

"블랙돔이 맞아요. 두 번째 파이널 보스 몬스터는 아직 나타나지 않았지만요."

그리고 그 말이 끝남과 동시에 붉은색 빛기둥이 하늘로 치솟아 오르기 시작했다. 현석은 이 장면을 아까도 봤다. 검왕이 생성될 때도 이랬었다.

활이 크게 말했다.

"저, 정보가 갱신됐어요!"

활이 빠르게 말을 이었다.

"파, 파이널 규격 외 몬스터라니……."

활이 말꼬리를 흐렸다. 현석은 앞을 쳐다봤다. 저만치 먼 곳. 붉은빛 기둥 내에 도마뱀 형상, 더 정확히 말하자면 드래곤 형상의 무언가가 보였다.

활이 말했다.

"드래곤 로드……!"

"드래곤 로드?"

"몬스터가 아니어요."

"몬스터가 아니라고?"

활은 겁을 잔뜩 집어먹은 듯 현석의 주머니에 숨었다. 그리고 말을 이었다.

"드래곤과 검왕까지는 몬스터로 분류돼요. 하지만 드래곤 로드는 달라요. 단순한 몬스터가 아니라 제왕급으로 분류되는, 일반 몬스터보다 한 단계 클래스가 높은 존재예요. 파이널 모드에서 어떻게 제왕급 몬스터가 나온 건지. 활이는 도무지 이해할 수가 없어요!"

[대체 불가능한+2 신체가 블랙돔의 특수 환경에 저항합니다.]
[대체 불가능한+2 칭호가 블랙돔의 특수 환경에 저항합니다.]

몸이 조금 무거워진 느낌을 받았다. 아리랑의 수뇌부들 역시 마찬가지였다.

"몸을 움직이기가 힘들어졌습니다."

"중력이 강해진 느낌입니다."

그 느낌이 정확했다. 중력이 강해진 느낌이다. 귀가 먹먹했고 숨 쉬기가 곤란했으며 몸을 움직이는 게 평소보다 힘들었다. 마치 수심 10미터쯤 되는 곳에 잠수를 하고 있는 그런 느낌이었다.

박성형이 말했다.

"아무래도 블랙돔은 물리력조차도 작용시키는 모양이군요."

레드돔보다 한층 강력해진 블랙돔이다.

박성형은 모니터를 쳐다봤다. 이제 작동이 안 된다. 플래티넘 슬레이어와의 연락이 완전히 끊긴 셈이다.

'또다시 반복인가.'

1년 정도 인류는 찬란한 문명을 꽃 피우는가 싶었다. 그런데 또다시 블랙돔이라니. 미국 유니온장 에디는 의자에 앉았다. 눈을 감았다.

'인류는 정말… 멸망의 길을 걷고 있는 건가. 우리는 어쩔 수 없나?'

플래티넘 슬레이어의 모습도 볼 수 없다. 그레이트 솔트레이크 사막의 상황을 알 수 있는 방법이 없었다.

같은 시각.

현석이 물었다.

"나랑 비교하면 어때? 저놈."

"그, 그건……."

활의 목소리가 작아졌다.

"저도 확신할 수 없어요. 주인님은 슬레이어로서의 능력이 최대에 달해 있는 상태… 였지만 지금은 블랙돔에 의해 제약을 받고 있어요. 레드돔 때도 그랬지만 블랙돔은 한층 더 강력해졌거든요."

안 그래도 들었다. 블랙돔의 특수 환경에 저항한다고. 지금 블랙돔의 특수 환경이 자신에게는 디버프를, 몬스터에게는 버프를 주고 있을 거다.

'여기만 이런 건가. 아니면 전 세계가 이런 건가.'

여기서는 확인할 수 있는 방법이 없었다. 그가 보는 하늘은 전부 까맸으니까. 만약 이 블랙돔이 전 세계를 덮고 있다면, 지금 전 세계는 혼란에 빠져 있을 거다. 레드돔을 이미 경험해 본 세대들이고 레드돔이 얼마나 무서운 건지 알고 있을 테니까 말이다.

"결론은 부딪쳐 봐야 안다는 거네?"

"아니요……."

활이 머뭇거렸다.

"아니면 뭔데?"

"제왕급 몬스터는 레전드로 분류되어요. 주인님의 신체와 칭호가 완벽 저항할 수 있는 등급은 유니크까지. 레전드는 일부 저항이 가능해요."

원래대로라면 그렇다. 그런데 지금은 블랙돔이라는 특수 환경에 처해 있다. 그렇다는 말은 즉.

"주인님… 위험해요."

현석도 승리를 장담할 수 없다는 뜻이다.

활의 목소리가 작아졌다.

"딱 하나 유용한 정보가 있기는 있는데……."

"그게 뭔데?"

"그게……."

활의 목소리가 계속 작아졌다. 이내 거의 속삭이는 것처럼 되어 버렸다. 그리고 울먹거렸다.

"아니에요. 활은 절대 그 방법을 쓰게 할 수 없어요."

어느새 리나가 현석 옆에 서서 달콤한 향기를 풍겼다.

리나가 현석의 손을 슬쩍 잡았다.

"나는 그대와 영원히 함께하겠다."

＊　　　　＊　　　　＊

현석은 드래곤 로드를 올려다봤다.

'제왕급이라.'

완전히 소환된 것 같지는 않았다. 그러나 느껴지는 중압감 자체가 예전의 드래곤과는 완전히 달랐다. 레전드급 클래스.

활이 빠르게 설명을 이었다.

"드래곤 로드의 실드는 굉장히 강해요. 레전드급 이하의 마법 공격. 물리 공격에 모두 저항하는 특수한 성질을 가지고 있어요."

"내 공격은 어느 정도인데?"

"주인님은 올 스탯 MAX의 올 스탯 슬레이어이자 세컨드 앱서버예요. 판정 결과 주인님의 공격 역시도 레전드에 해당해요."

레전드와 레전드의 싸움이라고 할 수 있겠다.

"하지만 주인님은 파이널 모드 규격을 벗어나지 않아요. 그게 한계니까요. 그러나 드래곤 로드는 파이널 모드 규격 초과예요. 정공법으로는 이길 수 없어요."

"카피를 하면 되잖아."

활은 전에 없이 논리 정연하게 설명했다.

"드래곤 로드가 강력한 이유는 그 신체 능력이 높아서가 아니에요. 드래곤 로드는 레전드급의 마법들을 구사할 수 있어요. 이전에 경험했던 마법들과는 차원이 다른, 클래스 자체가 더 높은 마법이에요. 카피의 경우 신체 능력을 복사할 수 있는 능력이지 모든 능력을 복사해 오는 건 아니잖아요?"

IQ가 똑같이 100인 사람이 있다고 해서, 그 두 사람이 똑같은 지적 능력을 갖고 있는 건 아니다.

수학 공부를 열심히 한 사람은 수학을 잘하고 국어를 열심히 공부한 사람은 국어를 잘한다. 당연한 얘기다.

그것과 마찬가지라고 볼 수 있겠다.

같은 능력치를 가지고 있어도 그것을 어떻게 활용하느냐에 따라 능력을 뽑아낼 수 있는 정도가 다르다.

드래곤 로드는 마법의 최정점에 달한 몬스터라고 했다.

드래곤 로드의 신체 능력을 복사한다고 해서 드래곤 로드의 마법을 모두 사용할 수 있는 건 아닐 테니까.

"무엇보다도 드래곤 로드의 실드 마법은 레전드 중에서도 최상급에 속하는 마법이어요. 그래서 앱솔루트 실드라고 불려요. 주인님이 가진 공격 수단으로는……."

"아까 방법이 있다고 했잖아."

활은 입술을 살짝 깨물었다. 말할 수 없는데, 말할 수 없는데,

하면서도 결국 말했다. 보아하니 드래곤 로드의 소환이 거의 끝나가는 것 같다.

하늘을 꿰뚫을 듯 치솟아 오르던 빛의 기둥은 희미해져 가고 있었고 1,000미터가 넘는 크기를 가진 거대한 황금빛 드래곤이 날개를 펄럭거리고 있었다.

"드래곤 로드의 실드는… 외피에만 적용이 돼요."

"그렇다면 발경으로 내부에 충격을 주는 건 어때?"

활의 말이 점점 빨라졌다. 모르는 사람이 들으면 마치 랩을 하는 것처럼 들릴 정도였다.

"발경은 일단 외부에서 접촉을 해야 해요. 드래곤 로드의 앱솔루트 실드는 그마저도 차단할 것이어요. 발경은 소용없어요."

그때, 현석의 머릿속에 무언가 웅웅거리는 소리가 들려왔다.

─너는… 인간인가?

동굴 속에서 메아리치는 듯한 음성이었다. 알림음과는 또 다른 느낌이었다.

현석은 직감할 수 있었다. 이 목소리의 주인공은 다름 아닌 드래곤 로드라는 것을 말이다.

"드래곤 로드?"

저만치 멀리서 드래곤 로드가 날개를 펄럭거리며 다가오는 것이 보였다.

그런데 어느 순간 거대한 몸체가 사라지더니 금빛 머리카락과 눈동자를 가진 청년 하나가 걸어오는 것이 보였다.

모래바람이 일었다. 그러나 그 모래바람은 청년의 몸에 닿지 않았다. 청년의 몸에 덮인 미세한 막이 모래바람과의 접촉을 완전히 차단시켰다.

　―대답하라. 너는 인간인가?

　머리가 조금 아팠다. 머릿속이 자꾸만 웅웅거렸다. 대답하지 않으면 안 될 것 같은 그런 느낌이었다.

　"인간이다."

　마치 이 음성에는 어떠한 힘 같은 것이 있는 것처럼 느껴졌다. 현석 뒤에 숨은 활이 말했다.

　"용언이어요. 용언은 강제력을 갖는 드래곤 로드의 권능이어요."

　인간의 모습을 한 드래곤 로드라. 현석은 앞을 쳐다봤다. 어느새 드래곤 로드는 3미터 앞까지 걸어왔다.

　드래곤 로드가 이번에는 입을 직접 열었다.

　"너는 안내자인가?"

　"흐, 홍! 대, 대답하지 않을 거야!"

　"대답하라. 너는 안내자인가?"

　활의 몸이 작아졌다. 인형의 모습으로 변했다. 목소리도 변했다.

　"네. 저는 안내자가 맞아요. 플래티넘 슬레이어 유현석 님의 안내자로 선택된 불의 족속입니다."

　"용케 성체까지 자랐구나. 인간과 계약한 안내자가 성체가 되는 경우는 흔치 않을 텐데."

　현석은 생각했다.

　'이놈의 실드는 모든 공격을 방어한다고 했어. 하지만 방법이 있다고 했지. 그 방법이 도대체 뭐지?'

　활에게 묻고 싶었으나 지금 아무래도 활은 대답할 겨를이 없어 보였다. 뭔가 이상했다. 정신지배라도 받고 있는 모양이었다. 용언이라는 것이 상당한 힘을 가지고 있는 것 같았다.

─무릎을 꿇어라.

현석은 순간 무릎을 꿇을 뻔했다. 알림음이 들려왔다.

[대체 불가능한+2 칭호가 저항합니다.]

그러자 드래곤 로드는 재미있다는 듯 현석을 쳐다봤다.

"호오? 용언에 저항하다니. 다시 한 번 묻겠다. 너는 인간이 맞나?"

"너는 여기에 왜 나타났지?"

드래곤 로드는 피식 웃었다. 무릎을 꿇으라는 용언에도 저항했고 너는 인간이 맞냐는 질문에도 저항했다.

"용언이 통하지 않는다니 인간의 한계를 뛰어넘었구나."

"왜 여기에 나타났냐고 물었다."

현석은 그게 궁금했다. 이 시스템이 도대체 뭔지. 뭔데 자꾸 조금씩 난이도가 높아지며 새로운 몬스터들이 나타나는 건지.

아무래도 드래곤 로드라면 뭔가를 알고 있을 수도 있겠다는 생각이 들었다.

"나는 드래곤 로드. 세상의 균형을 지키는 자다."

드래곤 로드는 리나를 힐끗 쳐다봤다.

"너는 인간형 균형자인가? 균형자치고는 제법이구나. 재미있는 아이들이야."

"……."

현석은 혼란스러웠다. 세상의 균형을 지키는 자란다. 그건 예전에 균형자들이 자기 입으로 했던 말이 아니던가. 그리고 드래곤 로드는 균형자라는 것 역시 알고 있는 듯했다.

"세상의 균형을 지킨다는 건 무슨 뜻이지?"

"이런 뜻이다."

드래곤 로드가 용언을 사용했다.

─죽어라.

[대체 불가능한+2 칭호가 저항합니다.]

─죽어라.

[대체 불가능한+2 칭호가 저항합니다.]

─ 죽어라.

[대체 불가능한+2 칭호가 저항합니다.]

그사이 현석의 H/P가 조금씩 감소했다. 물론 현석은 H/P를 가지고 있지 않다. 아예 표시 자체가 안 된다. 그러나 현석은 느꼈다. 이대로라면 정말로 죽는다.

'이대로 가만히 있으면 진짜 죽는다.'

현석이 몸을 움직였다.

'카피.'

드래곤 로드의 신체 능력 그리고 자신의 신체 능력, 그 어느 것이 우세한지는 모른다. 그러나 일단 카피를 사용했다. 어차피 밑져야 본전이다.

설사 드래곤 로드의 신체 능력이 훨씬 높아서 생명력이 빠르게 소진된다 할지라도 지금은 더운 물, 찬 물을 가릴 때가 아니었다.

"회오리."

회오리가 세차게 피어올랐다.

―캔슬.

세차게 피어오르던 회오리는 순식간에 사라져 버렸다. 드래곤 로드는 굉장히 여유로워 보였다.

"인간 주제에 감히 마법으로 드래곤을 공격하다니."

어차피 회오리로 타격을 주려던 건 아니었다. 시선을 잡아끌면 됐다.

순식간에 거리를 좁힌 현석이 오른 주먹을 내질렀다. 리나가 뒤쪽으로 움직여 퇴로를 막고 손을 뻗었다.

하지만 공격은 실패.

'어느새?'

물리적인 움직임은 아니었다. 저건 분명히 마법이었다. 일반 드래곤도 워프라는 걸 사용했었다. 그것과 비슷한 것 같았다.

"마법의 창시자인 드래곤 앞에서 마법으로 만용을 부린 죄, 죽음으로 그 죗값을 치러라."

＊　　　　＊　　　　＊

드래곤 로드는 여유로웠다.

"인간 주제에 발악하는 모습이 귀엽다. 용언에 저항할 수 있다는 사실도 놀랍구나. 하나 거기까지다. 너는 인간이 갖기에 지나치게 많은 힘을 갖고 있다. 너는 자연의 섭리에 따라 죽어 마땅하다."

리나가 발끈했다.

"그 더러운 입 닥치라!"

리나의 손톱이 또다시 허공을 갈랐다.

현석 역시 주먹을 뻗었으나 또 실패했다.

'이번에 기회를 걸어 본다.'

드래곤 로드는 여유로운 상태, 다시 말해 방심을 하고 있는 상태다. 지금 전력으로 싸우는 모양새는 절대 아니었다.

'이 정도면 이게 내 한계 속도라고 파악했겠지.'

현석이 다시 몸을 움직였다. 여전히 허허거리고 있는 드래곤 로드의 모습이 보였다.

'잠능 폭발!'

미리부터 마음의 준비를 하고 있었다.

잠능 폭발을 사용하면 신체 능력이 대폭 상승한다. D등급일 때에 능력치 강화 비율이 1,000퍼센트에 달했었다.

그렇기에 미리 준비를 하고 자세를 갖춰놓지 않으면 앞으로 고꾸라질 수도 있다.

몸이 가벼워지며 굉장히 빨라졌다.

주먹을 뻗었다. 드래곤 로드의 얼굴이 보였다.

콰과광!

거대한 폭발음이 터져 나왔다.

'됐다……!'

잠능 폭발을 사용했다. 게다가 카피까지 썼다. 힘을 있는 대로 다 끌어 쓰고 있는 중이다. 생명력의 소모. 당연히 있을 거다. 그리고 현석은 느낄 수 있었다.

생각보다 생명력을 많이 잡아먹고 있다.

또다시 주먹을 뻗었다.

콰과광! 콰과광! 콰과광!

거대한 폭발음이 연속해서 터져 나왔다. 마법으로는 상대가 안 되겠지만 신체 능력을 등급으로 따져보자면 자신이나 드래곤 로드나 레전드다. 등급은 같다. 그렇다면 효과는 있을 터.

쉴 새 없이 공격을 퍼부었다. 이번 기회 아니면 기회가 없을 수도 있다. 일부러 느린 공격을 통해 느린 속도에 익숙하도록 만들었었다. 이를 악물고, 쉬지 않고 공격을 퍼부었다.

숨이 차오르고 흙먼지가 세차게 피어올랐다. 세찬 모래 폭풍이 사막을 덮었다. 땅이 진동했다.

현석은 주먹질을 멈췄다. 어느 순간부터 반응이 없었다. 슬레잉에 성공했다는 알림음은 없었다.

그러나 지금은 아무것도 보이지 않는다. 모래 폭풍이 피어올라서 시야를 완전히 가린 상태다. 어디에 있는지 느껴지지도 않는다.

'어디에 있는 거냐……?'

모래 폭풍이 걷혔다.

놀랍게도 드래곤 로드는 그 자리에서 한 발자국도 움직이지 않은 상태였다. 겉으로 보기엔 완전히 멀쩡해 보였다. 작은 목소리가 들려왔다.

"인간 주제에……."

활이 현석의 주머니에 쏙 들어갔다. 바지 주머니 속에서 활이 바들바들 떨고 있는 것이 느껴졌다.

커다란 목소리가 터져 나왔다.

"인간 주제에 감히!"

순간, 황금빛이 번쩍거렸다. 마치 거대한 태양이 빛을 낸 것 같았다. 현석조차도 어쩌지 못하고 눈을 감았다. 눈이 멀어버릴 것 같았다.

"리나, 괜찮아?"

"나는 괜찮다."

다행히 별일은 없는 것 같았다. 단순히 번쩍거렸을 뿐이었다.

─하등한 미물이 감히 내 얼굴에 상처를 내다니.

활이 다급하게 말했다.

"보, 본체예요. 본체는 더욱더 강력해요."

현석을 지키기라도 하겠다는 듯 두 팔을 벌리고 앞에 서서 빠르게 말했다.

"주인님, 도망치셔요! 로드 최강의 권능. 브레스예요!"

그러나 이미 늦었다. 흥분한 드래곤 로드가 브레스를 토해냈다.

─죽어라, 인간.

CHAPTER 7

정공법으로는 승산이 없다고 했다. 마법의 최정점에 달한 몬스터란다. 현석은 재빨리 활의 말들을 떠올려 봤다.

"드래곤 로드의 실드는 굉장히 강해요. 레전드급 이하의 마법 공격. 물리 공격에 모두 저항하는 특수한 성질을 가지고 있어요. 무엇보다도 드래곤 로드의 실드 마법은 레전드 중에서도 최상급에 속하는 마법이어요. 그래서 앱솔루트 실드라고 불려요. 주인님이 가진 공격 수단으로는……."

브레스를 토해내는 모습이 보였다.
'마법과 물리 공격. 모두를 방어하는 앱솔루트 실드.'

"드래곤 로드의 실드는… 외피에만 적용이 돼요."

순간, 현석은 실마리를 찾을 수 있었다. 한편 아리랑에서도 그레이트 솔트레이크에 탐사팀을 보냈다. 위성도 작동하지 않고 있고 전파도 차단된 상태다. 결국 눈으로 직접 확인하는 수밖에 없었다.

확인은 반드시 해야 했다. 만에 하나 플래티넘 슬레이어가 어떻게 된다면 주변 국가의 모든 사람들이 대피해야 하는 경우가 생길 수도 있다. 물론 대피한다고 죽을 사람이 죽지 않을 수는 없겠지만 그래도 대피하지 않을 수는 없지 않겠는가.

장소가 장소인 만큼, 지원자를 받았다. 그 지원자들에는 전 세계 최상위급 트랩퍼인 이명훈이 포함되어 있었다.

명훈이 소리 질렀다.

"유, 유현석!"

저 미친 새끼. 도대체 무슨 짓을 하는 거야! 드래곤 로드가 브레스를 토해내는 게 보였다. 사실 탐사팀은 드래곤 로드가 다짜고짜 브레스를 퍼부을 줄은 몰랐다. 그럴 줄 알았으면 여기 오지도 않았다.

"우, 우린 죽을 거야……"

"젠장!"

트랩퍼 몇몇이 머리를 감싸 쥐고 바닥에 엎드렸다. 이미 드래곤의 브레스가 얼마나 강력한지 봤었다. 그런데 그냥 드래곤도 아니고 드래곤 로드의 브레스다. 아마 이 사막은 통째로 날아가게 될 거다.

이명훈은 멍하니 하늘을 올려다봤다.

'도대체 무슨……'

유현석이 브레스의 정중앙을 향해 뛰어올랐다.

'외피에 적용되는 앱솔루트 실드라면… 안에서부터 공격하면 돼.'

드래곤 로드의 입을 향해 뛰어올랐다.

'성자의 가호, 성자의 강화, 성자의 증폭, 성자의 권능, 성자의 축복.'

유니크급 세트 아이템. 성자 세트에 걸려 있는 모든 특수 스킬을 사용했다. 하나하나가 가히 사기급이라 불리는 아이템들을 세트로 맞췄다.

레전드급인 드래곤의 브레스에 대해서 얼마나 저항할 수 있을지는 모르겠지만 없는 것보다는 훨씬 낫지 않겠는가. 브레스의 정중앙을 향해 뛰어오르는데 갖출 수 있는 안전 장비는 모두 갖추는 게 좋았다.

현석이 사용한 것은 이게 끝이 아니었다.

최초 유니크 등급 세트 아이템 조합으로 인한 특전. 성자의 세트. 모든 효과를 100퍼센트 증폭시키는 효과가 발동되었다는 알림음이 들려왔다.

[성자의 세트. 세트 효과가 100퍼센트 증폭됩니다.]

브레스가 닿을락 말락, 브레스의 어마어마한 파괴력이 몸소 느껴졌다. 눈이 부셨다. 온몸에 소름이 돋았다. 저걸 맞으면 이제 죽느냐 사느냐다.

'세트 효과 발동.'

[성자의 세트. 세트 효과 사용하시겠습니까? Y/N]

이 세트 효과를 사용할 일이 없을 줄 알았다. 그런데 아니었
다. 1일 1회. 6초간 모든 공격을 100퍼센트 확률로 방어하는 유
니크 등급의 세트 스킬이 발동됐다.

현석의 몸에 하얀빛이 감돌기 시작했다. 마치 눈에 보이는 강
력한 실드 같은 느낌이었다. 그 실드와 드래곤 브레스가 맞부딪
쳤다.

이명훈은 깜짝 놀랐다.

'브레스가 갈라지고 있어……!'

다른 트랩퍼들은 도망치거나 그 자리에서 웅크렸다. 하지만
명훈은 달랐다. 어쩌면 현석의 최후가 될 지도 모른다. 절대 도
망치지 않을 거다.

그는 눈에 힘을 주고 상황을 지켜봤다.

브레스가 양옆으로 갈라지고 있었다. 잘려 나간 브레스의 파
편은 그레이트 솔트레이크 사막을 초토화시키고 있었는데 초토
화의 느낌이 약간 달랐다.

'아무것도 없다.'

그 파편이 닿은 사막은 검은색 공간이 되어버렸다.

'마치 블랙홀 같아.'

아무것도 보이지 않았다. 그저 검은색 공간. 모래도 없었다.

어쩌면 빛 하나 없는 우주 공간이 저런 느낌이 아닐까 싶었다.

모든 게 사라져 버린 공간이 되어버렸다.

현석에게 알림음이 들려왔다.

[저항에 일부 성공합니다. 남은 시간 3초.]

원래대로라면 6초 동안 모든 공격 방어가 가능하다. 그러나 그게 3초로 줄었다. 완벽 방어도 아니었다. 공격 등급과 방어 등급이 차이가 나서 어쩔 수 없었다.

'괜찮아.'

몸에 대미지가 누적되고 있는 게 느껴졌다.

'3초면… 가능성 있어!'

드래곤 로드의 눈동자가 가늘어졌다.

─죽어라.

순간, 유현석은 큭! 하고 신음성을 내뱉었다. 하마터면 중심을 잃고 떨어져 내릴 뻔했다.

브레스를 온몸으로 막았다. 드래곤 로드의 브레스는 일반 드래곤과는 달랐다.

일반 드래곤의 브레스가 광범위 초토화 공격이라면, 드래곤 로드의 브레스는 자신의 마음대로 폭발 반경과 위력 등을 조절할 수 있는 모양이었다.

'엄청나다.'

마치 거대한 벽이 있어 그것을 억지로 억지로 뚫고 올라가는 그런 느낌이었다.

'외피에만 적용되는 실드라면 내장에는 적용되지 않겠지.'

이를 악물었다. 저만치 앞. 드래곤 로드의 입이 보였다. 브레스를 발사하느라 커다랗게 변한 입.

드래곤 로드가 입을 더 크게 벌렸다.

"크윽!"

현석은 다시금 어마어마한 충격을 받아야만 했다. 시간상으로 따지자면 겨우 2초도 안 지났다. 그런데 그 2초가 2년처럼 느껴졌다. 죽는 순간이 다가오면, 자신의 삶이 파노라마처럼 펼쳐진다고 했다. 주마등처럼 말이다. 이 짧은 순간 그리운 얼굴들이 떠올랐다. 인하 길드원들. 아버지. 어머니. 그리고 리나까지.

'난 여기선 안 죽는다.'

알림음이 들려왔다. 현석은 처음 듣는 경고 알림이었다.

[H/P가 10퍼센트 이하로 감소했습니다.]
[H/P가 8퍼센트 이하로 감소했습니다.]

'조금만 더……!'

이제 코 앞이다. 드래곤 로드의 몸속으로 들어가 그 안에서부터 찢고 나올 거다.

[H/P가 5퍼센트 이하로 감소했습니다.]

남은 거리는 약 3미터.

[H/P가 3퍼센트 이하로 감소했습니다.]

남은 거리는 약 2미터.

[H/P가 1퍼센트 이하로 감소했습니다.]

남은 거리는 약 1미터.

땅! 땅! 땅! 땅! 땅! 알림음이 계속해서 터져 나왔다. 손만 뻗으면 닿을 수 있는 거리 같은데, H/P가 부족했다.

아주 조금, 아주 조금 부족했다.

'하지만… 희망은 있어.'

이번 공격은 도박성이 짙다.

'제발……!'

그것도 목숨을 건 도박이었다. 과거 현석은 '바다를 삼키다—레전드'를 몸에 융합시킨 적이 있다. 상성 등급은 S였으며 아이템 기본 능력치의 50퍼센트를 몸에 이식했었다. 그러나 현석이 믿는 건 그게 아니었다.

아이템 착용 중 단 1회, 착용자의 H/P가 0에 이르도록 만드는 물리적 공격을 막아내는 특수 옵션이 녹아들어 있는 '바다를 삼키다'였다. 무엇보다도 바다를 삼키다의 경우는 레전드. 사실상 현석은 이것을 믿고 도박을 감행했다.

'제발!'

명훈도 현석을 보며 깨달았다. 이 정도 됐는데 상황을 파악하지 못하면 트랩퍼 때려치워야 한다고 생각하는 명훈이다.

트랩퍼는 단순한 길잡이가 아니다. 전황을 파악하고 길드원들을 빠르고 효율적인 길로 안내하는 안내자의 역할이다.

'드래곤 로드의 내부로 침투하려고 하고 있어. 그러려면 성자 세트의 모든 능력을 활성화시켰겠지. 그리고 아마… 바다를 삼키다의 특수 스킬도 사용했을 거야.'

하지만 문제는 남아 있었다.

'바다를 삼키다의 특수 스킬. 성공 확률이 90프로였었는데.'

다시 말해 90퍼센트의 확률로 방어가 가능하다는 소리다. 조금 더 직접적으로 말한다면, 90퍼센트의 확률로 레전드급 공격을 방어할 수 있지만 10퍼센트 확률로 실패할 수도 있는 거다.

'제발… 제발 성공해라.'

일반적으로 90퍼센트의 확률은 높은 확률에 속한다. 그러나 사람의 목숨이 걸려 있는 경우는 전혀 높은 확률이 아니다.

숫자상으로는 거의 0퍼센트에 가깝다고 알려진 원자력 발전소의 폭발 사고. 비록 확률은 적지만 그 일들은 분명히 일어나는 일이다.

하물며 10퍼센트다. 10퍼센트의 확률로 목숨을 잃을 수 있는 일에 그 누가 도전을 하려 하겠는가.

'유현석 너……!'

브레스가 멈췄다.

드래곤 로드는 기분이 좋기라도 한 건지 하하하! 하고 웃어댔다. 육성으로 들리는 소리는 아니었다.

아리랑 수뇌부들도 그 소리를 분명히 들었다. 마치 알림음처럼 들렸다.

─하하하하하!

머리가 아파왔다.

"도대체 이게 무슨 일이죠?"

그들은 용언이라는 것을 모른다. 왜 머릿속에서 갑자기 이런 웃음소리가 들리는지 모른다.

전 세계의 사람들 역시 마찬가지였다.

지금 사람들은 패닉 상태, 레드돔도 아닌 블랙돔이 세상을 덮었다. 이제 진짜 세상의 멸망이 시작되는 건가 싶었다. 혹자는 이 웃음소리를 보고 사탄의 웃음소리 혹은 악마의 웃음소리라고 떠들어대기 시작했다.

*   *   *

현석에게 목소리가 들려왔다.

"주인님, 주인님, 주인님, 정신 차리셔요."

현석이 눈을 조금씩 떴다. 실처럼 얇은 세계가 조금씩 넓어지기 시작했다.

"그대, 괜찮은가?"

"리나. 너는 어떻게?"

"나는 그대의 그림자다. 그대가 있는 곳에 내가 있다."

현석은 주위를 둘러봤다.

'성공이다……!'

목숨을 걸었던 일이었다. 다행히 성공했다.

H/P를 0으로 만드는 공격에 저항했고 그 결과 자신은 살아남

왔다.

'힐.'

자신의 몸에 힐을 사용했다. H/P가 채워지는 느낌이 들었다. 아마도 이곳은 드래곤 로드의 몸속인 것 같다. 쿵! 쿵! 쿵! 쿵! 일정한 리듬을 가진 소리가 들려왔다. 현석은 직감했다.

'드래곤 하트.'

길이 일직선으로 뚫려 있는 건 아니었다. 심장 소리가 들려오는 곳을 향해 길을 만들었다.

'발경, 윈드 커터.'

발경과 윈드 커터를 사용했다.

드래곤 로드의 내벽은 역시 단단했다. 오우거조차도 순식간에 죽이는 현석의 마법이지만 드래곤 로드의 내벽에는 소용없었다. 한참을 공격해야만 겨우 길이 뚫렸다.

'내피가 이 정도라면… 앱솔루트 실드로 보호받는 외피는 무적이겠군.'

드래곤 로드가 어째서 파이널 모드 규격 외 몬스터, 제왕급으로 분류되는지 이제 좀 알겠다.

외부에서 공격하면 승산이 전혀 없을 테니까.

한편, 이명훈을 제외한 트랩퍼들은 자신이 살아났음을 깨닫고 서둘러 도망치기 시작했다.

"명훈 씨! 도망 안 칩니까!"

"안 칩니다."

"억지 부릴 때가 아닙니다. 플래티넘 슬레이어도 어쩌지 못한 마당에 일단 도망쳐야 합니다!"

"……."

명훈은 그 자리에서 꼼짝도 하지 않았다. 도망가자는 모든 제의를 거부하고 혼자 남았다.

항상 엄살을 부리기만 했던 이명훈은 멍하니 하늘을 쳐다봤다. 그도 들었다. 드래곤 로드의 웃음소리를. 아무래도 유현석은…….

'너… 도대체 어디 있는 거냐?'

아무래도 유현석은 드래곤 로드 슬레잉에 실패한 것 같았다.

플래티넘 슬레이어의 실패.

플래티넘 슬레이어가 못 막으면 전 세계의 누구도 못 막는다. 저 드래곤 로드가 마음먹고 활동한다면 아마 이 세계는 멸망하겠지.

하지만 명훈에게 그런 건 중요한 게 아니었다. 후일 세계가 멸망하는 것보다도 지금 당장 유현석이 눈에 보이지 않는 게 더 중요했다.

명훈은 믿을 수 없었다. 명훈이 목이 터져라 외쳤다.

"어디 있는 거냐 유현석!!!"

이명훈의 눈에서 기어코 눈물이 한 방울 흘러내렸다.

"어디 있는 거냐고! 너 안전제일주의자잖아! 네가 위험한 일에 뛰어들었을 리 없잖아! 장난 그만 치고 빨리 나와 이 새끼야!!!"

'아니, 유현석은 죽었어. 너도 봤잖아. 유현석이 사라지는 걸. 그리고 드래곤 로드가 웃는 걸. 너도 봤잖아.'

명훈은 고개를 저었다. 믿을 수 없었다. 유현석은 플래티넘 슬레이어다. 세계가 추앙하는 구원자, 그가 여기서 이렇게 허무하게 죽을 리 없었다. 장난을 치고 있는 거다.

"제기랄… 젠장!"

이명훈은 바닥을 주먹으로 내려쳤다. 아무것도 할 수 없는 자신이 너무나 미웠다.

그런데 놀라운 일이 벌어졌다.

*　　　　*　　　　*

드래곤 로드는 기분이 좋았다. 방금 전에는 솔직히 좀 화가 났었다. 원래대로라면 쳐다보지도 못해야 하는 미물이 자신을 상대로, 나름대로는 호각으로 싸웠었으니까.

보통 사람들은 모기를 잡을 때에 머리를 쓰지 않는다. 눈에 보이면 파리채를 휘두를 뿐이다.

이 모기가 어떠한 방향으로 움직일 것이며 어느 정도의 정확한 속도로 이동할 것을 예측하여 그를 토대로 손을 휘둘러야 할 각도와 방향을 수식으로 계산하고 풀지 않는다. 그냥 대충 친다.

만약 그 모기가 도망다니면 짜증이 치밀어 오를 것이다.

드래곤 로드가 그랬었다. 원래대로라면 '죽어라' 이 용언 한 번이면 그냥 죽는다. 그나마 아까의 인간은 좀 달랐다. '죽어라' 한 번으로 안 되면 여러 번 하면 된다. 분명 효과도 있었다.

브레스는 좀 너무 과한 처사였던 것 같기는 하지만, 놀랍게도 그 인간은 브레스를 양옆으로 갈라내기까지 했었다.

그쯤 되면 인정할 수밖에 없었다. 그 인간은 인간의 영역을 훨

썬 뛰어넘은 인간이었다고 말이다.

그런데 드래곤 로드는 문득 이상함을 느꼈다. 몸 안에서 어떠한 변화가 있는 듯한 기분이었다.

현석은 윈드 커터를 사용했다.

길을 내는 데에 있어서 윈드 커터는 상당히 좋은 마법이었다. 체력 소모도 거의 없지만 절삭력이 뛰어났으니까. 발경과 함께 사용하면 길을 만드는 것 자체는 그렇게 어렵지 않았다.

'이곳이 드래곤 로드의 내부.'

일반적인 생물체와는 확연히 달랐다.

어두컴컴한 동굴에 들어온 느낌이었다. 어두컴컴한 동굴에는 푸르스름한 기운이 감돌고 있었는데, 활의 말을 빌리자면 이 모든 것이 '마나'라고 했다.

이 마나라는 것은 마치 바람결을 타고 이동하듯 한 곳으로 흘러들어 가고 있었는데, 그 방향은 곧 심장 소리가 들리는 곳이었다.

현석은 그곳을 향해 걷고 또 걸었다. 특수한 마법이라도 걸려 있는 것인지는 몰라도 꽤 오래 걸은 것 같은데도 소리는 여전히 멀리에서 들려왔다.

"활아, 우리가 제대로 가고 있는 거 맞아?"

"……."

활도 말을 하지 못했다. 크기가 작아진 걸로 봐서 활 역시 잘 모르는 듯했다.

'명훈이가 있었으면 좋았을 텐데.'

아무래도 어떤 트랩에 걸린 것 같은 느낌이었다.

원래 이런 트랩이 무섭다. 직접적인 위협은 없지만 걷고 또 걸어도 결국은 제자리인 경우, 이러한 트랩에 걸리면 슬레이어들은 무력하게 죽는 경우가 많다.

'트랩일 가능성을 배제할 수 없어.'

트랩에서 탈출하는 방법은 보통 두 가지로 나뉜다. 하나는 가장 안전하고 좋은 방법으로, 훌륭한 트랩퍼와 함께 정공법으로 타파하는 거다.

둘째는 위험부담이 상당히 크며 후에 어떤 영향이 있을지 모르기는 하지만 트랩 자체를 부숴 버리는 거다. 현석이 던전을 부숴 버렸듯 말이다.

'결국은… 수를 써야 해.'

여기엔 트랩퍼가 없다. 그렇다면 트랩을 깨뜨릴 수밖에. 어차피 이대로 오래 시간을 끌어봐야 소용없다.

'폭풍.'

힘을 끌어 올렸다. 현석은 저도 모르게 휘청거렸다.

"주인님, 괜찮으셔요?"

"아……"

현석은 주위를 둘러봤다. 방금, 엄청난 힘이 몸에서 빠져나간 것 같은 기분이었다. 그 이유는 곧 알 수 있었다.

동굴 같은 내부, 드래곤 로드의 몸속에 에메랄드빛 폭풍이 휘몰아치기 시작했다.

그 바람의 강도는 이전과 비교할 수조차 없었다. 타깃팅을 정확하게 했음에도 불구하고 리나 역시 이 몸을 가누기 힘들어했다.

'타깃팅을 했음에도 불구하고… 물리력이 강제적으로 발동하고 있어.'

게다가 M/P가 떨어지는 느낌도 전혀 없었다. 온몸에 힘이 가득 차오르는 느낌이었다.

'이런 느낌이라면……'

이런 느낌이라면 폭풍을 연속해서 중첩 사용할 수 있을 것 같은 느낌이 들었다.

'폭풍.'

쿨타임도 없었다. 바로 사용이 가능했다.

'폭풍.'

폭풍뿐만 아니라 회오리도 사용했다.

'회오리.'

마법을 사용할 때마다 느껴졌다.

마법을 사용해서 M/P가 떨어짐과 동시에, 아니, 그것보다도 훨씬 빠른 속도로 M/P가 가득 차올랐다. 마치 스펀지가 물을 흡수하듯 주위의 M/P를 몸이 빨아들이는 것 같은 기분이었다.

순간 현석의 눈에 세상이 깨지는 것 같은 환상이 보였다. 거울이 깨지듯, 세상에 거미줄이 생겨났다. 거미줄이 생겨난 세상은 이내 쨍그랑 하고 깨져 버렸다.

'뭐가… 달라진 건가?'

눈으로 보기에 별로 달라진 것이 없는 것 같았다. 여전히 주위는 어두웠다. 하지만 느껴졌다.

'심장 소리가 훨씬 가까워졌다.'

걸음을 옮겼다.

심장 소리가 점점 더 가까워졌다. 이리저리 꼬부라진 통로(?)를 걸었다. 한동안 걷고 나자 둥그런 형태의 광장 같은 것이 보였다. 그리고 현석은 입을 쩍 벌렸다.

높이 약 10미터, 너비 약 30미터의 네모난 물체가 허공에 둥둥 떠 있었다. 현석은 그걸 보며 직감했다.

'저게 드래곤 하트.'

현석이 걸어온 길 외에도 이 둥그런 형태의 광장에는 수십 개의 통로가 더 있었는데 그 통로로부터 푸른색 바람이 쉴 새 없이 불어 들어와 저 네모난 물체에 빨려 들어가고 있었다.

네모난 물체는 자신이 심장이라는 것을 주장하기라도 하듯 일정한 리듬을 가지고 쿵! 쿵! 뛰고 있었다.

그리고 현석은 결정을 내렸다. 저 엄청난 크기의 드래곤 하트를 먹어치우겠다고.

드래곤 하트는 '섭취'하는 형태의 아이템이라는 사실을 이미 알고 있다. 그렇다면 저 드래곤 하트 역시 크게 다르지는 않을 터.

현석이 몸을 던졌다.

네모난 물체, 그러니까 드래곤 로드의 드래곤 하트 위에 앉았다.

황금빛으로 빛나는 그 드래곤 하트는 의외로 부드러웠다. 더 정확하게 말하자면 공기 위에 떠 있는 그런 느낌이었다.

눈으로 보고 있어서 드래곤 하트가 느껴지는 거지 촉감상으로는 거의 아무것도 느껴지지 않았다.

'이거 먹을 수 있는 게 맞긴 맞아?'

손으로 거의 안 잡히는 느낌. 현석은 엎드린 상태로 드래곤 하트를 물어뜯기 시작했다.

※　　　　　※　　　　　※

드래곤 로드가 하늘로 높이 치솟아 올랐다.

ㅡ크오오오오오!

드래곤 로드의 황금빛 비늘이 더욱더 번쩍거리기 시작했다. 하늘 높이 떠올랐던 드래곤 로드는 다시 땅으로 곤두박질 쳤다.

쿵!

거대한 소리가 들려왔다.

ㅡ크오오오오오!

드래곤 로드가 다시 한 번 포효했다.

일반적인 육성 포효가 아니다. 용언이었다. 아리랑 수뇌부 몇이 정신을 잃었을 정도다.

전 세계적으로 이 포효 때문에 뇌가 손상되어 즉사한 사람이 1억 명을 넘어섰다. 특히 2세 이하 어린아이들은 대부분 죽었다.

ㅡ크오오오오오!

일반 사람들은 이 머릿속을 울리는 엄청난 소리의 정체를 알지 못했다. 이게 용언이라는 것도 말이다.

"이게 도대체……"

"머리가… 머리가 너무 아파."

전 세계 수십 억의 사람이 무릎을 꿇었다. 머리를 잡고 쥐어뜯기도 했다. 일부 어떤 사람들은 토악질을 하기도 했다.

그리고 명훈은 멍하니 하늘을 올려다봤다.

드래곤 로드가 하늘로 솟아올랐다가 다시 땅으로 떨어졌다가를 몇 번 반복하더니 하늘에서 브레스를 토해내는 것이 아닌가.

솔직히 말해 이번에는 운이 좋았다고 밖에는 표현할 수 없었다.

명훈 주위의 땅은 폐허가 되어 버렸다. 아니, 폐허라고 말하기에도 조금 이상했다.

드래곤 로드의 브레스는 특이한 구석이 있었다. 브레스에 직격당한 물체는 완전히 지워져 버렸다.

명훈은 주위를 둘러봤다. 자신이 딛고 있는 이 좁은 땅을 제외하고 주위는 모두 우주 공간이 되어버린 것 같았다.

"어떻게 된 거야……?"

명훈은 바닥의 모래를 한 움큼 집어 그 우주 공간 같은 곳에 던져봤다. 모래가 사라졌다.

'이건……!'

명훈은 옷을 길게 잘라냈다. 그리고 그 옷의 일부를 그 공간 내에 넣어 봤다. 그리고 다시 당겨봤다. 그 어둠 속에 들어갔던 부분은 완전히 사라져 있었다.

'아예 없어져 버렸다고?'

그렇다고 몸을 넣어볼 생각은 전혀 없었다.

'유현석, 살아 있는 거냐!'

아무래도 유현석의 작전은 성공한 것 같았다.

이유는 몰라도 유현석은 성자의 세트 효과와 바다를 받치다의 모든 특수 효과를 활용하여 몸을 던졌었다.

그리고 드래곤 로드의 반응을 보건대 그 시도는 성공한 것 같다. 눈물이 주르륵 흘러 내렸다.

'살아 있구나, 너.'

하늘을 올려다봤다.

드래곤 로드의 몸이 계속해서 빛나고 있었다. 빛나긴 빛나는데 뭔가 이상했다.

이전까지는 빛을 내뿜는 느낌이었다면, 이번에는 빛이 어디론가 빨려 들어가는 느낌이었다.

황금빛 그리고 푸른빛이 묘하게 뒤섞인 빛줄기가 드래곤 로드의 몸을 감싸고 마구 휘몰아치다가 이내 몸 안쪽으로 흡수되어 들어가는 느낌이었다.

현석은 숨을 깊게 들이마셨다.

무언가 청량한 것이 가슴 속 깊이 들어오는 느낌이 들었다. 시원한 느낌. 그리고 편안한 느낌이 들었다. 구름 위에 누워 있는 것 같은 그런 기분이었다.

정신이 몽롱해졌다. 뭐랄까. 마약에 취하면 이런 느낌이 아닐까 싶었다.

'아……'

[드래곤 로드의 드래곤 하트를 섭취하였습니다.]

알림음이 이어졌다. 현석은 눈이 감겨 왔다. 입이 반쯤 벌어졌다. 아무것도 떠오르지 않았다. 정신을 잃어 갔다.

[드래곤 로드 슬레잉에 성공했습니다.]
[결코 불가능한 업적으로 인정됩니다.]

처음 등장하는 레드 등급의 결코 불가능한 업적이었다. 그러나 현석은 그것을 신경 쓰지 못했다. 아무것도 떠오르지 않았다. 정신이 혼미해졌다.

[결코 불가능한 업적 보상을 판정합니다.]

시간이 조금 걸렸다. 현석은 바닥에 엎드렸다. 손가락으로 바닥을 마구 긁었다. 히히! 히히히히! 히히히히! 하고 웃었다.

활이 현석을 붙잡고 마구 흔들었다.

"주인님! 주인님! 주인님!"

현석은 정신을 차리지 못했다.

"히히히! 히히히히! 히히히! 히히!"

유현석의 몸이 공중에 붕 떴다. 현석의 몸이 황금빛으로 빛났다. 터질 것처럼, 현석의 몸이 부풀어 올랐다.

현석은 무의식 중에서도 이대로면 정말 몸이 터져 버릴 것 같다는 기분이 들었다.

평상시 그런 기분이 든다면 끔찍할 거다. 무섭고 공포스러운 게 당연하다.

그러나 현석은 그렇지 않았다. 기분이 좋았다. '이대로 몸이 빵 터져 버리면 어때' 그런 기분이었다.

[대체 불가능한+2 신체가 대체 불가능한+3 신체로 업그레이드 됩니다.]

대체 불가능한+2 신체가 대체 불가능한+3 신체로 업그레이드 되었다.

신체 진화율 99프로에서 100프로를 뛰어넘게 된 거다. 결코 불가능한 업적의 보상이었다.

그러자 현석의 정신이 조금 돌아왔다.

"크아아아아아악!"

터져 버릴 것 같던 몸은 정상으로 돌아왔으나 이젠 괴로워 죽을 것 같았다.

아까는 황홀해서 아무런 생각이 없었다면 지금은 괴로워서 아무 생각을 할 수 없었다.

너무 아파 죽을 것 같다. 그런 느낌밖에 안 들었다.

[대체 불가능한+2 칭호가 대체 불가능한+3 칭호로 업그레이드 됩니다.]

제왕급 몬스터, 클래스가 다른 몬스터를 슬레잉했다는 판정이 떨어지자 칭호마저도 한 단계 올라갔다.

현석은 한동안 몸부림 쳤다. 리나가 그런 현석을 꽉 안았다.

"그대의 괴로움을 나도 함께 하고 싶다. 아무것도 해줄 수 없는 내가 너무나 밉다."

리나가 눈물을 흘렸다. 현석이 아파하고 있다는 사실 자체만으로도 리나는 굉장히 괴로운 것 같았다.

그런데 또 이상했다. 황금빛이 계속해서 현석의 몸 안으로 흘러들어 가게 되면서 현석이 또 낄낄대며 웃기 시작한 거다.

"낄낄낄! 낄낄낄낄!"

몸이 또 부풀어 오르기 시작했다. 눈에 핏발이 섰다. 눈이 터져 버릴 것만 같았다. 활이 리나의 옷을 붙잡고 마구 흔들었다.

"언니, 언니, 언니, 어떻게 좀 해봐요. 응? 빨리 좀!"

드래곤 로드의 드래곤 하트를 섭취한 것까진 좋았다. 그런데 그 힘이 지금 감당이 안 되는 모양이었다.

그러나 리나도 방법을 몰랐다. 그녀 역시 현석을 돕고 싶기는 매한가지였다.

"나는… 어떻게 해야 하지……?"

활이 버럭 소리를 질렀다.

"어떻게든 힘을 빼보란 말야! 언니라면 어떻게든 될 거라고!"

그때 리나의 눈이 붉게 물들기 시작했다. 머리카락이 타올랐다. 전체 힘을 개방했다. 입술을 꽉 깨물었다. 힘을 끌어 올렸다.

'어떻게든……'

현석의 몸 안에서 폭주하고 있는 저 힘을 다스려야 했다. 활의 말에 따르면 저 힘을 어떻게든 빼란다. 방출시키면 될 터.

현석에게 알림음이 이어졌다.

[세 번째 관문. 강제 발동 조건이 성립됩니다.]

리나의 몸이 불타오르기 시작했다. 마치 활처럼 말이다. 활과 다른 점이 있다면 리나의 몸이 황금빛으로 불타기 시작했다는 것 정도.

명훈은 봤다.

드래곤 로드가 사라지고 저만치 멀리 유현석이 쓰러져 있는 것을, 유현석이 미친 사람처럼 웃다가 괴로워하다가를 반복하고 있는 것을 말이다.

"너한테 도대체 무슨 일이 벌어진 거냐!"

리나도 이상했다. 리나의 머리카락이 황금빛으로 물들었다. 평상시의 모습과는 달랐다.

리나의 몸에서 아지랑이가 아닌, 황금빛이 새어 나왔다.

활이 리나를 쳐다봤다.

"어… 언니……!"

리나의 모습도 어딘가 이상했다. 활은 이 모습을 안다. 발정기에 접어든 리나의 모습. 예전에도 본 적이 있다. 그러나 그때와는 분위기 자체가 달랐다.

리나의 눈동자가 황금빛으로 물들었다가 원래의 붉은 갈색으로 돌아 왔다를 반복했다. 마치 고장 난 신호등 같았다. 이상한 말을 자꾸만 중얼거렸다.

"나는… 나는… 그대를……."

하아, 하고 신음 소리를 냈다.

"너랑 하고 싶… 그대를 지켜야만… 하자. 지금 바로……. 나는… 그대를… 할 거야……."

리나의 눈동자가 완전히 황금빛으로 물들었다.

쓰러져 괴로워하고 있는 현석을 보며 입맛을 다셨다.

"너, 내 거야."

그리고 현석과 입을 맞췄다.

활이 멍하니 서서 홀로 중얼거렸다.

"마지막 관문이… 시작됐어."

CHAPTER 8

헬기가 날아왔다. 명훈은 버티고 또 버텼다.

그 자리에서 꼼짝도 하지 않고 3일을 버텼다. 그러나 유현석은 나타나지 않았다.

리나와 함께 갑자기 나타난 이후, 모습을 감춰 버렸다. 세상은 블랙돔이라는 이상한 세계에 갇히게 되었지만 이전의 세계와 그렇게 달라진 점은 없었다.

난이도도 예전과 비슷했다.

[블랙돔의 효력이 한시적으로 사라집니다.]

이러한 알림음이 전 세계인들에게 공통적으로 들려온 이후로 그랬다.

이유는 알 수 없었다. 3일이 지나고 명훈이 쓰러졌을 무렵, 그 때 다시 헬기가 명훈을 구출해 갔다. 지금 그레이트 솔트레이크 사막은 매우 위험한 지대로 분류되고 있다.

빛 없는 우주 공간 같은 그곳은 모든 것을 없애 버리는 마의 구간으로 변해 버렸다. 육로로 이동할 수는 없었다.

이명훈은 병원으로 급히 이송됐다.

인하 길드원들은 이명훈이 깨어나길 기다렸다. 하루가 더 지 났다. 명훈이 정신을 차렸다. 질문 세례가 쏟아졌다.

민서가 황급히 물었다.

"오빠! 오빠는 어떻게 됐어?"

'야, 나도 쓰러져 있다가 지금 일어난 거거든', '나도 죽을 뻔했 는데 겨우 살아나온 거거든' 하고 농담을 던지려다가 명훈은 한 숨을 쉬고 말았다.

지금 자신을 쳐다보는 길드원들의 눈빛은 너무나도 절박했다. 농담 같은 걸 할 수 있는 분위기가 아니었다.

"결론만 말할게. 나도 모르겠어."

"그게 무슨 말이야?"

명훈은 상황을 설명했다. 목숨을 건 도박을 통해 드래곤 로드 의 몸속으로 들어가는 것까지는 확인을 했다. 이후 드래곤 로드 가 괴로워했다.

"아… 그래서였구나."

명훈은 상황을 잘 모르지만 인하 길드원들은 안다.

하종원은 생각했다.

'그 괴성, 1억 명을 죽인 그게… 용언이었구나.'

새로운 사실을 알았다.

한편, 그 용언을 자유자재로 사용하는 드래곤 로드에 맞서 싸운 친구 유현석에 대한 경외심이 다시 한 번 일었다.

"그래서 그 다음은?"

"리나 씨와 현석이가 나타났어. 그런데 리나 씨가 조금 이상했어. 황금색으로 빛나고 있던데… 활이 뭐라고 막 소리치고… 현석이는 낄낄 웃다가 괴로워하다가를 반복하고……."

명훈은 다시의 상황을 떠올려 봤다. 아무리 생각해도 현석과 리나를 이해할 수 없었다. 정말 모르겠다.

"그리고 갑자기 사라졌어. 사라진 이후에 알림음이 들려왔던 것 같아."

"무슨 알림음?"

"블랙돔의 효력이 일시 정지한다였나? 한시적으로 정지된다였나?"

"아……."

평화는 거기서 희망을 발견했다.

아무런 이유도 없이 블랙돔의 효력이 정지될 리 없다.

"분명 오빠가 어디서 뭔가를 하고 있기 때문에 효력이 잠시 멈춘 거예요."

땅을 향하고 있던 세영이 고개를 들었다.

평화의 말을 듣고 보니 정말 그럴 수도 있겠다 싶었다. 블랙돔이 괜히 멈춘 게 아닐 테니까. 희망을 갖게 됐다.

욱현이 말했다.

"일단은… 조금 기다려 보는 게 좋겠어. 명훈이 너도 안정을 좀 더 취하고."

욱현은 걸음을 옮겼다.

'길장님, 살아 있는 거 맞겠죠?'

그렇게 생각하고 싶었다. 아니, 그래야만 했다.

자신이 이렇게 새 삶을 살 수 있었던 것도 따지고 보면 유현석 덕분이었다. 그 당시에는 너무 화가 나 일을 저질렀지만 살인은 어떤 식으로도 용납될 수 없는 중범죄였다.

지금 생각해 보면 잘못한 게 맞다. 비록 필요에 의해서 그런 거긴 하지만 그런 자신을 믿어줬고 인하 길드원으로 받아줬으며 이 자리까지 올 수 있도록 만들어 줬다.

'무조건 살아 있어야 합니다.'

세간에 플래티넘 슬레이어 실종 소식이 점차 알려지게 됐다. 그렇게 1주일이 흘렀다.

*   *   *

전 세계가 플래티넘 슬레이어의 생존 여부에 관심을 기울였다.

〈플래티넘 슬레이어 실종 7일째.〉

영웅, 그것도 전 세계를 구한 세계적 영웅의 무사 귀환을 위하여 전 세계에서 촛불집회가 열렸다.

수많은 사람이 촛불을 들고 거리로 뛰쳐나왔다.

'플래티넘 슬레이어의 무사 귀환을 빌며.'

사람들은 한뜻이 되어 기도했다. 제발 플래티넘 슬레이어가 살아서 돌아올 수 있게 해달라고.

홍소윤은 기도했다.

"제발… 플래티넘 슬레이어가 살아서 돌아올 수 있도록 해주세요."

그녀는 아직도 기억하고 있다. 자신의 옆에서 머리가 터져 죽어나가던 사람들.

레드돔 안에서의 생활은 끔찍했었다. 블랙 나이트들에 의해 꼼짝없이 죽임을 당해야 했던 그 상황에서 자신을 구해준 사람은 다름 아닌 플래티넘 슬레이어였다.

언젠가 꼭 은혜를 갚겠노라 다짐하며 손 편지도 보냈었다.

"저는 그분한테 평생 갚지도 못할 빚을 졌어요."

원래 그녀는 신을 믿지 않았다. 하지만 이 순간만큼은 신이 있었으면 좋겠다고 생각했다. 무릎을 꿇고 기도했다.

"저는 그분한테 꼭 은혜를 갚아야 해요. 그러니까 꼭 그분을 살려주세요. 그러면 기도도 매일매일하고 착하게 살게요. 진짜 열심히 살게요. 그러니까 꼭 그분이 살아 돌아올 수 있도록 도와주세요."

전 세계의 모든 이목이 '플래티넘 슬레이어'에 집중됐다.

7일 동안 사라진 영웅, 7일 정도 사라져 있었으면 사망했을 가능성도 있지만 언론들과 사람들은 마치 약속이라도 한 것처럼 '플래티넘 슬레이어의 사망 가능성'은 단 한 줄, 단 한마디도 언급하지 않았다.

마치 그런 말을 하면 플래티넘 슬레이어가 정말로 돌아오지 못할 수도 있기라도 하다는 듯 말이다.

미국 시애틀에서 균형자 웨이브 때 목숨을 구함 받았던 존슨 역시 촛불을 들고 거리로 나왔다.

그는 매일매일을 플래티넘 슬레이어에게 감사하며 살아왔다. 비록 10년도 더 전이지만 그는 지하 대피소에서의 상황을 똑똑히 기억하고 있다.

균형자 웨이브가 진행되고 있었고 그의 아내는 출산고에 시달리고 있었다. 골반 구조상 수술이 없으면 아기와 산모 모두 죽을 수도 있었다.

그때 만약 플래티넘 슬레이어의 도움이 없었다면 아내와 아들은 이 세상에 없었을 수도 있다.

그에게 있어 가족은 세상에서 가장 소중한 보물이었으며 플래티넘 슬레이어는 그 보물을 선물해 준 사람이었다.

'꼭 살아 있으셔야 합니다. 부탁입니다.'

박진웅은 막걸리를 사들고 유세권을 찾아왔다.

"마셔라."

박진웅도 이제 유현석의 정체를 안다.

레드돔 이후부터는 알게 됐다. 처음에는 믿지 못했다. 아들의 마지막 길에 환한 웃음을 선물해 줬던 그 살신성인의 영웅이 바로 친구의 아들 유현석이었단다.

박진웅이 말했다.

"꼭 살아 돌아올 거다."

"그래."

두 남자는 막걸리를 비웠다.

"말이야 바른 말이지, 현석이가 살아 돌아오지 못한다면 이 세상에 신 따위 없는 거야. 그딴 거 개나 주라지."

박진웅의 입장에서 플래티넘 슬레이어는 세계를 구한 영웅임과 동시에 아들의 은인이었다.

살신성인의 슈퍼히어로라고 알고 있다. 그런 사람에게 기적이 일어나지 않는다면, 이 세상에 신 따위는 없다고 생각했다.

박진웅이 다시 말했다.

"현석이는 반드시 살아 돌아온다. 제 아비보다 먼저 죽는 불효는 절대로 안 저지를 놈이야."

대구에서 서울로 상경했던 청년 곽기현 역시 촛불을 들고 밖으로 나섰다.

이미 광장에는 수천 명의 사람이 모여 있었다.

모두가 한마음 한뜻이 되어 플래티넘 슬레이어의 무사 귀환을 빌고 또 빌었다.

그러던 중, 대화를 들었다.

"솔직히 일주일 정도 실종이면 죽은 거… 아닐까?"

곽기현이 끼어들어 성질을 냈다.

"무슨 말도 안 되는 소립니까! 레드돔 안에서 그 지옥 같은 곳에서도 우릴 구해준 사람인데! 그런 대단한 사람이 벌써 죽었을 리 없잖아요!"

워낙에 덩치도 크고 한 성깔 할 것 같이 생긴 곽기현인지라, 대화를 하던 남자들도 꿀 먹은 벙어리가 됐다. 곽기현은 숨을 들이마셨다.

"죄송합니다. 제가 너무 흥분을 했네요."

그의 마음속에서 플래티넘 슬레이어는 이미 우상이었다. 마음속에서는 거의 신격화되었다고 해도 과언이 아닐 정도였다.

'꼭 살아 돌아올 겁니다. 그분은.'

*   *   *

1년이 흘렀다.

인하 길드원들은 바깥으로 출입을 최대한 자제했다.

종원, 명훈, 욱현의 경우는 그래도 가끔 슬레잉에 나서기는 했다.

오우거 같은 상위 개체가 주변에 나타나면 그것을 없애주는 역할을 했다.

그러나 세영, 평화는 집 밖으로 아예 나서질 않았다.

강남 스타일에서 탈퇴하고 인하 길드하우스에 머물게 된 은영 역시 마찬가지였다. 그나마 민서는 가끔 장도 보러 다니고 바람도 쐬러 다녔다.

1년이 흐른 어느 날, 민서가 말했다.

"이제라도 장례식 치르는 게 낫다고 생각해요."

세영과 평화 그리고 은영이 반대해서 장례식을 치르지 못했다.

그러나 민서의 생각은 조금 달랐다.

"벌써 1년이나 지났어요. 나도 오빠 너무 보고 싶고, 오빠가 살아 돌아왔으면 좋겠지만… 나는 언니들 이러고 있는 거 진짜 마음에 안 들어요."

"……."

현석의 이름 아래 가려져 있어서 그렇지 이들은 전 세계 최상위급 슬레이어들이다.

이중에서 실력이 가장 뒤떨어지며 인하 길드 소속도 아닌 은영이지만 그래도 역시 강남 스타일의 길드원이었다. 강남 스타일의 길드원이라고 하면 세계 어딜 가도 인정받고 대접받는다.

민서가 버럭 소리를 질렀다.

"언니들, 진짜 정신 차려야 돼! 오빠가 이런 언니들 모습 보면 좋아할 것 같아?"

결국 울음을 터뜨렸다. 하마터면 '하늘나라에 있는 오빠가 이런 언니들 모습 보면'이라고 말할 뻔했다. 하지만 차마 그 말은 나오지 않았다.

머리로는 현석이 돌아오지 않을 것을 아는데, 가슴이 그걸 허락하지 않았다.

평화가 가만히 일어서서 민서를 안아줬다.

"알아. 딱 1주일만, 1주일만 더 기다려 보자. 그러고 나서도 오빠가 오지 않으면……."

그땐 정말 오빠의 죽음을 받아들이고 장례를 치르자. 그 말은 끝내 하지 못했다. 그래도 다들 무슨 뜻인지는 이해했다.

홍세영은 입술을 깨물었다.

그녀는 스스로도 현석을 이렇게나 좋아하는지 몰랐다. 그냥 현석이 다른 여자랑 있으면 질투가 좀 나고 같이 있고 싶은 정도인 줄 알았다.

그런데 아니었다. 현석이 없으니까 가슴속이 텅 비어버린 것 같았다. 눈을 감고 있어도 뜨고 있어도 현석의 얼굴이 아른거렸다. 1년이 지났는데도 그랬다. 아니, 시간이 지나면 지날수록 더 보고 싶었다. 현석이 없으면 안 될 것 같았다.

'절대 뭐라고 안 할 테니까… 돌아오기만 해.'

아이러니한 일이지만 연적이라고 할 수 있는 이들은 서로 뭉쳐서 서로를 의지했다.

1년간 그렇게 버텨왔다. 시체가 발견되지 않았고 블랙돔의 효력이 일시 정지한 상태라는 것을 근거로 현석이 살아 있을지도 모른다고 생각했기 때문이다.

하지만 벌써 1년이 지났다. 이 정도 됐으면 현석의 죽음을 받아들여야 할지도 모른다.

은영이 울먹거리면서 말했다.

"딱 1주일만. 1주일만 더 기다려 보자."

*   *   *

박성형은 의자에 앉았다.

"소식은?"

"없습니다."

박성형은 눈을 감고 생각에 빠져들었다.

현석이 사라진 지 벌써 1년이 지났다. 플래티넘 슬레이어의 죽음을, 이제는 발표해야 할 것 같다.

인하 길드원들의 반대가 있어 발표하지 못했지만 이 정도 시간이 지났으면 가망이 없다고 봐야 했다.

누군가 말했다.

"플래티넘 슬레이어를 흡수하지 못했습니다."

박성형이 대답했다.

"그건 아쉬운 일이지. 어쩌면 벽을 깰 수도 있었는데."

박성형이 눈을 떴다.

"아니, 차라리 잘 됐어. 현석이는 내가 흡수하기엔 너무 강했거든."

사실 그전까지는 괜찮았다.

정확하게 말하자면, 유현석이 대마인 이바니아와 클라라를 죽이기 전까지, 더 정확하게 말하자면 폴란드의 100만 명을 죽이기 전까지, 그전까지는 흡수를 해도 괜찮을 정도였다. 그러나 그 이후로 현석이 너무나 강해졌다.

'그나마 클라라의 일부나마 흡수했다는 것이 내게는 다행인 일인가.'

인하 길드원들에게도 말했었다.

아리랑은 아리랑 나름대로 돕겠다고.

아무도 모르고 있었지만, 성형은 자신의 수족들을 파견했었다. 그 수족들을 통해 클라라의 일부를 흡수했다. 현석이 클라라를 일부 흡수했다는 알림을 들은 이유가 여기에 있었다.

성형은 일어서서 창문을 열었다. 바깥을 쳐다봤다. 하늘은 까맸다.

'차라리 잘 된 일이야.'

죽은 자는 말이 없다.

언제가 될지는 모르겠지만 언젠가는 현석과 적으로 마주해야 할 날이 올 수도 있다고 생각했다. 아니, 유현석은 그럴 생각이 없을지도 모른다.

하지만 성형은 아니었다. 그는 2인자는 싫었다. 그리고 그는 다른 사람들은 모르는 정보를 많이 가지고 있었다.

파이널 모드가 끝나면 난이도의 상승이 없을 거라는 사실도 이미 알고 있었다.

"주인님, 생각이 많아 보이십니다."

성형 옆에 불덩어리 하나가 나타났다. 안내자였다.

보통 안내자들이 빨간색 몸을 가지고 있는 것에 반해, 성형의 안내자는 검은색 몸을 가지고 있었다.

특수 클래스. 성형이 퍼스트 앱서버로 전직하게 되면서 일어 난 변화였다.

퍼스트 앱서버는 모든 앱서버의 정점에서 군림하는 클래스였 다. 마성의 영향으로부터도 벗어나 있었고 무엇보다도 '수족'들 을 부릴 수 있는 '권능'을 가지고 있는, 말 그대로 사기 클래스였 다.

전 세계 유일의 클래스. 등급으로 따지자면 레전드급에 속하 는 클래스다.

현석이 세컨드 앱서버를 가지게 된 것도, 퍼스트 앱서버인 성 형이 있기 때문이었다(현석 이후에 등장하게 된 마인들이 써드 앱서 버 클래스를 받았었다).

'어쨌든… 현석이는 이제 세상에 없어.'

나중에, 아주 나중에 만약 유현석을 흡수해야 할 일이 온다면 그는 주저 없이 흡수하려고 했다.

물론 그냥은 안 됐다. 폴란드의 100만 시민 몰살, 세컨드 앱서버, 드래곤 로드가 용언을 사용하게 만들어 1억 시민을 죽인 것.

이와 같은 사실들을 열거하여 플래티넘 슬레이어의 위신을 땅으로 추락시키고 아리랑 차원에서 처벌하려고 했었다.

하지만 얘기가 달라졌다. 어차피 죽은 사람이다. 정치가에게 있어 살아 있는 영웅은 골칫덩이지만 죽은 영웅은 보물이다.

현석이 살아 있을 때에 많은 시도를 해봤다.

현석을 계속 공격했던—사실 공격이라기보다는 능력을 파악하기 위한 공격에 가까웠던—가상의 단체, 한국 유니온이 아무리 눈에 불을 켜고 찾아도 실체조차 파악할 수 없다고 했던 그 단체, 당연히 찾을 수 없었다.

그게 바로 한국 유니온장이었고 그가 부리는 특수 세력이었으니까. 이름하여 '수족'이라는 것 말이다.

'미국에서의 실패는… 좀 아쉽군.'

현석의 능력을 파악했고 이 정도면 흡수할 수 있겠다 싶어서 특수한 스킬과 마법을 사용하여 납치하려고 했었다.

그때, 갑자기 리나가 나타나지 않았다면 아마 성공했을지도 모를 일이다.

보고가 올라왔다.

"1주일 뒤에 플래티넘 슬레이어의 장례식이 치러진다고 합니다."

세계를 구한 영웅, 플래티넘 슬레이어의 장례식이 1주일 뒤 한국에서 치러진다는 소식이 전 세계에 알려졌다.

* * *

처음에 현석은 즐거웠다.

몸이 뻥 터져 버려도 좋으니 이 상태가 지속되었으면 좋겠다고 생각했다. 마약에 취한 듯 행복한 기분이었다.

그러나 신체와 칭호가 업그레이드되면서 다시 괴로워졌다. 아예 저항하지 못할 때라면 모르겠지만 일부 저항을 하게 되자 몸이 격렬한 거부 반응을 일으킨 거다.

그러한 가운데, 현석은 이상한 공간에 빠져들었다. 이 공간, 저번에도 접해본 적이 있다.

'그 시기'의 리나와 격렬한 전투(?)를 벌였던 곳, 리나만의 특수한 공간이었다.

처음 약 세 달 동안, 현석은 의식이 없었다. 몸이 터질 듯 뻥뻥하게 부풀어 올랐다가 이내 줄어들었다가를 계속해서 반복했다.

세 달이 지났다.

'여기는……'

현석은 세 달이 지나고 나서야 정신을 차렸다. 그리고 자신이 무엇을 하고 있는지도 인식할 수 있었다.

'리나……?'

황금빛으로 빛나고 있는 인간 형태의 몬스터, 리나였다.

리나는 묘하게 달뜬 눈동자로 현석을 쳐다보며 혀를 낼름거리고 있었다.

'아… 나는…….'

상황이 그려졌다. 정확하게는 모르겠지만 아마 세 달 동안 여기서 이러고 있었던 것 같다. 아무것도 먹지도 마시지도 않고 오로지 이 행위에 집중했던 것 같다.

"빨리와. 나 네가 너무 좋아. 너 없으면 미칠 거 같아."

[리나의 유혹 스킬이 발동합니다.]
[대체 불가능한+3 칭호가 저항합니다.]
[저항에 일부 성공합니다.]

이 상황이 엄청나게 많이, 적어도 수백 번 이상은 지속되었다는 것 같은 느낌이 들었다. 정확히 기억은 안 나도 그랬다.

심장이 쿵쾅대기 시작했다.

현석이 리나의 목을 끌어안았다. 의식은 있었다. 의식은 있되 몸이 저절로 움직이는 느낌이 들었다.

리나와 입을 맞췄다. 리나의 혀가 현석의 입속을 비집고 들어왔다. 그에 질세라 현석도 혀를 움직였다. 리나의 달콤한 체취가 느껴졌다. 키스마저도 달콤하게 느껴졌다.

의식을 차린 이후로 또다시 세 달이 지났다.

그쯤 되자 현석은 죽을 맛이었다. 현석은 올 스탯 슬레이어고 모든 스탯 MAX를 찍었다.

올 스탯 MAX는 대단한 게 맞다. 그 강하다는 드래곤도 묵사발 낼 수 있는 데다가 드래곤 로드와 싸워서도 이겼다. 그리고 올 스탯 MAX 안에는 '정력' 스탯도 포함되어 있다.

현석은 지금 시간 개념이 없었다. 먹고 마시고 자지도 않고 계속 이 행위를 하고 있었으니까.

'대충 5달은 넘은 것 같은데.'

이제 괴롭다.

온몸이 부들부들 떨렸고 힘이 빠져나갔다. 하지만 리나는 시간이 지나면 지날수록 더 쌩쌩해졌고 현석을 더 원하는 것 같았다.

"나랑… 하자. 너무 좋아. 빨리… 빨리……!"

[리나의 유혹 스킬이 발동합니다.]

[대체 불가능한+3 칭호가 저항합니다.]

[저항에 실패합니다.]

가끔 저항에 실패하는 경우도 있었다. 이럴 때면 현석은 거의 의식조차 없이 리나 슬레잉(?)에 집중해야 했다. 적어도 리나가 한 번은 만족해야 했다. 그래야 '저항 실패 상태'에서 풀렸다.

현석은 다시 정신을 차렸다. 리나가 간헐적으로 몸을 부르르 떨었다. 어찌 보면 미약한 전류에 감전된 것처럼 리나는 행복한 신음 소리를 내며 미소를 지었다.

리나가 말했다.

"사랑해."

현석도 리나를 사랑하기는 한다.

처음에는 리나가 인간이 아니라는 사실 때문에 거부감이 있기는 했으나 지금은 아니다. 물론 사랑은 한다. 그런데 이건 사랑의 영역이라고 보기 힘들었다. 사랑이 아니라 죽음을 향해 달려가는 느낌, 정력 스탯 MAX도 소용없었다.

그리고 또다시 3개월이 지났다. 최근 들어 저항에 실패하는 경우가 굉장히 많아졌다.

리나의 스킬이 강해졌든지 그도 아니면 자신의 저항력이 약해졌든지 둘 중에 하나인데, 아무래도 자신이 약해진 것 같은 느낌이 들었다.

3개월 전부터는 배도 고파왔다. 정말 죽을 것 같았다.

'결국… 먹어야겠어.'

결국 드래곤 하트를 한 입 베어 물었다. 최후의 보루로 남겨뒀던 건데 최후의 보루고 뭐고 일단 살아야겠다.

드래곤 하트를 한 입 베어 먹었다. 한 입까지는 괜찮다. 24시간 내에 자동복구 되니까. 온몸에 힘이 치솟아 올랐다.

다시 한 달이 지났다.

＊　　　　＊　　　　＊

평화가 1주일만 기다려 보자고 했다. 민서도, 인하 길드원들도 모두 그 말에 동의했다. 이제는 정말로 현석을 보내줘야 할 때가 된 것 같았다.

민서는 세영의 손을 꼭 잡았다.

"언니……."

민서의 눈에 세영은 항상 강해 보였다. 그런데 이제 그게 아닌 것을 잘 안다.

세영은 밤이면 밤마다 문을 걸어 잠그고 울었다. 1년이 지난 지금도 그랬다. 겉으로는 아무렇지도 않은 척하면서, 혼자 남겨지면 매일 울었다.

민서는 그 사실을 알고 있었고 말이다.

플래티넘 슬레이어의 장례식이 이제야 치러진다는 소식이 알려졌다.

〈전 세계를 구한 영웅, 플래티넘 슬레이어. 이제는 보내줘야 할 때.〉

잠시간 플래티넘 슬레이어를 잊고 있었던 전 세계의 사람들이 다시 묵념하고 애도하기 시작했다.

인하 길드원들은 모두 상복으로 갈아입었다. 플래티넘 슬레이어의 장례식은 국장의 예우를 받게 됐다.

〈미국 대통령. 한국행 워프 게이트로 이동.〉

과거 미국 유니온장이었던 에디는 이제 미국의 대통령이 됐다.

사실상 각국 유니온장이 곧 대통령이기는 했으나, 에디가 공식적으로 대통령 자리에 앉게 된 것은 불과 3개월 전이다.

〈일본 유니온장, 야마모토. 한국행 워프 게이트로 이동.〉

미국뿐만 아니라 일본의 유니온장 야마모토 역시 장례식에 참여하기 위해 몸을 옮겼다.

그의 직함은 일본 유니온 이치고의 유니온장이지만 실제로는 총리의 역할을 맡고 있다. 근 시일 내에 미국처럼 공식적인 총리의 자리에 앉게 될 거다.

〈중국 주석, 장위펑. 한국행 워프 게이트로 이동.〉

전 세계의 중심축이라 할 수 있는 세 나라. 미국, 일본, 중국의 대표들이 플래티넘 슬레이어의 죽음을 기리기 위하여 전부 움직였다.

1년 동안이나 실종된 상태로 있었음에도 불구하고, 세계의 거인들을 움직이는 거인, 그게 바로 플래티넘 슬레이어의 이름이었다.

중국, 일본, 미국뿐만 아니라 전 세계의 대통령 혹은 왕들이 워프 게이트를 타거나 비행기를 띄웠다.

〈플래티넘 슬레이어의 죽음을 기리기 위한 전 세계의 물결.〉

그리고 플래티넘 슬레이어를 다루는 다큐멘터리 역시 제작된다고 했다.

〈전 세계적으로 설치된 분향소 약 1억 개.〉

〈전 세계인들, 플래티넘 슬레이어를 기려.〉

인하 길드원들은 기다렸다.

기적이라도 일어나면 좋겠다고, 장례식을 치르고 있는데 '오래 기다리게 해서 미안해'라고 말하면서 나타나면 좋겠다고 생각했다. 늦게 와도 괜찮으니까, 뭐라고 하지 않을 테니까, 그냥 돌아오면 좋겠다고 생각했다.

장례식 하루가 지나고 이틀이 지났다. 그러나 기적은 일어나지 않았다.

전 세계인들이 추모하는 가운데, 3일이 흘렀다. 시체는 없지만 발인은 해야 했다.

시체 없는 관.

플래티넘 슬레이어의 관이 인하 길드원들과 대구 청년 곽기현에 의해 옮겨졌다.

종원조차도 눈물을 뚝뚝 흘렸다.

장례식 도중에는 참았다. 친구의 영정사진 까짓것 봐도 눈물 따위 참을 수 있다고 생각했다.

그런데 관을 옮기는 이 발걸음이 너무 무거웠다. 그 발걸음의 무게를 버티지 못하고 결국 눈물이 뚝뚝 쏟아져 내렸다. 욱현도, 명훈도 마찬가지였다.

아무것도 없는 이 관이 이렇게 무거울 줄 몰랐다. 걸음이 떨어지질 않았다. 네 남자는 눈물을 뚝뚝 흘리면서 걸었다.

그런데 놀라운 소식이 전해졌다. 소란이 일었다.

"블랙돔이 사라졌다!"

　　　　＊　　　　　　＊　　　　　　＊

3일 전.

현석은 한계를 느꼈다.

드래곤 하트를 하루에 한 번씩 베어 먹어서 체력을 충전하고
다시 방전하기를 계속했다.

드래곤 하트는 전지전능한 건 아니었다. 아니, 더 정확하게 말
하자면 리나가 드래곤 하트의 효능을 넘어서는 능력을 가지고
있었다.

'이대로 가면 진짜 죽어.'

올 스탯 MAX도 소용없었다. 정확하게는 모르겠지만 1년은
된 것 같다.

1년 동안 셀 수도 없을 만큼 많은 사정을 했다. 힘든 것도 힘
든 거지만 이대로는 굶어 죽는다.

애초에 리나의 특수한 공간이 아니었다면 죽어도 벌써 죽었
을 거다.

'이대로는 승산이 없어.'

이 시기의 리나는 그 당시의 자신보다 무조건 강하게 설정된
다고 했다. 그렇다면 그 당시를 뛰어넘는 힘을 가져야 리나를 상
대할 수 있다.

'드래곤 하트를 전부 먹는다.'

이걸로도 실패하면 이제 승산은 없다. 리나에 의해 죽게 될
거다. 자동수복 기능은 포기했다. 드래곤 하트를 전부 섭취했다.

3일이 지났다.

현석은 쓰러졌다. 정신을 잃어갔다. 온몸에 힘이 쭉 빠졌다. 죽어가는 걸 느꼈다.

"그대여⋯⋯."

리나도 정신을 차린 듯했다. 원래의 모습으로 돌아왔다. 리나는 입술을 살짝 깨물었다.

"그대가 죽는다면⋯ 나는 그대를 따라가겠다. 부군을 잡아먹는 요물은 세상에서 없어져야 함이 옳다."

리나의 눈에서 눈물이 떨어져 내렸다. 현석의 볼에 닿았다. 알림음이 들려왔다.

[리나 슬레잉 성공을 인정합니다.]
[결코 불가능한 업적─S로 인정됩니다.]

블랙 등급의 결코 불가능한 업적─S로 인정됐다.

[파이널 보스 몬스터 퀘스트를 클리어했습니다.]
[보상으로 +1 스탯이 주어집니다.]

현석이 정신을 차리기도 전에 시스템이 다시 알림을 이었다.

[현 슬레이어의 상태를 감안하면 시스템이 임의로 스탯을 분배합니다.]
[정력 스탯에 스탯을 분배합니다.]

그와 동시에 현석의 얼굴에 혈색이 돌기 시작했다. 현석은 직감했다.

'어떻게든… 죽지는 않은 것 같다.'

몸에 힘은 없었다. 그러나 말은 할 수 있었다.

"리나, 나 배고파."

            ＊   ＊   ＊

전 세계의 슬레이어들에게 알림음이 들려왔다.

[파이널 보스 몬스터 퀘스트 클리어 완료.]

[파이널 모드 클리어 인정.]

[블랙돔이 사라집니다.]

[명예의 전당이 활성화됩니다.]

블랙돔이 없어지고 하늘은 원래의 모습을 되찾았으며 명예의 전당이 활성화됐다.

종원은 하마터면 관을 떨어뜨릴 뻔했다.

"이, 이게 무슨……."

명훈이 재빨리 명예의 전당을 활성화시켰다. 명예의 전당에 몇몇 눈에 익은 이름이 보였다.

1. 유현석.

2. 박성형.

3. 김연수.

4. 하종원.

5. 홍세영.

6. 이바니아.

눈에 익은 이름부터 시작하여 약 30여 명의 이름이 명예의 전당에 등록되어 있었다.

종원도 명예의 전당에 등록되었다는 알림음을 들은 적이 있었다. 이게 뭐하는 건지는 몰랐지만 이제는 알게 됐다.

파이널 모드를 클리어하고 나면 명예의 전당에 등록이 되고 그게 전 세계에 공표되는 것 같았다.

'유현석.'

유현석의 업적에 관한 정보가 나타나 있었다.

1. 최초의 오크 슬레잉.

2. 최초의 트윈헤드 오크 슬레잉.

부터 시작하여.

30. 최초의 결코 불가능한 업적 이룩.

31. 최초의 위대한 업적 이룩.

을 지나.

70. 최초의 레전드 아이템 습득.

71. 최초의 유니크 아이템 세트 습득.

그리고.

130. 파이널 보스 몬스터 퀘스트 클리어.

하종원은 관을 놓쳤다.

잠깐 동안 정신을 차리지 못했다. 다른 건 눈에 보이지 않는데 '파이널 보스 몬스터 퀘스트 클리어'가 눈에 들어왔다.

파이널 보스 몬스터 퀘스트, 이건 현석이 진행하던 퀘스트가 아니던가. 그게 클리어됐단다.

'설마……!'

다들 비슷한 생각을 했다. 모두가 눈을 크게 떴다. 욱현은 관에서 손을 놨다.

"으아아아아아!"

이유 모를 함성을 질렀다. 아무래도 길드장이 어딘가에 살아 있는 것 같았다. 그리고 어디선가 목소리가 들려왔다.

"평화야, 배고파 죽을 것 같아."

"……"

"밥 좀 줘."

평화는 입을 세게 틀어막았다.

이제 다 마른 줄 알았던 눈물이 쏟아졌다. 그토록 보고 싶어

했던 얼굴이 저기 보였다. 여태까지와는 다른 의미로 이곳은 눈물바다가 됐다.

누군가가 아름다운 여자의 부축을 받으며 걸어오고 있었다.

*   *   *

명예의 전당이 전 세계의 슬레이어들에게 공표됐다. 누구나가 열람할 수 있었으며 약 30여 명의 슬레이어가 어떠한 업적을 이룩했는지에 대한 정보가 나타나 있었다.

"세상에… 이게 다 한 사람이 한 거라고?"

플래티넘 슬레이어의 업적은 그야말로 엄청났다. '최초'란 최초는 모조리 쓸어 담은 것 같았다.

일반 몬스터 슬레잉부터 시작하여 선택받은 슬레이어 외에는 슬레잉 불가 판정을 받았던 자연계 몬스터는 물론이고 이벤트 몬스터—예티 같은—나 고스트 계열 몬스터들도 때려잡았다.

레드돔을 부쉈고 각종 보스 몬스터를 혼자서 쓸었으며 던전 클리어를 밥 먹듯이 했다.

뿐만 아니라 파이널 보스 몬스터 퀘스트를 단지 스스로의 힘만으로 클리어하여 세상에 안녕을 가져다주었다.

"역시… 플래티넘 슬레이어다."

"플래티넘 슬레이어가 없었으면 세상은 멸망했겠네."

멀리서 찾아볼 필요도 없다. 당장 드래곤 로드의 일만 해도 그렇다. 사람을 죽이려고 했던 것도 아니고 괴로움에 가득 찬 비명을 내질렀는데 그 비명 때문에 일반인 1억 명 가량이 죽었다고 발표됐다.

함성 한 번으로 1억 명을 죽이는 미친 괴물과 싸워 이긴 사람이 바로 플래티넘 슬레이어였다.

"드래곤 로드가 두 번째 관문이었다며?"

"그럼 도대체 세 번째 관문은 어떻게 클리어한 거야?"

"그러니까 1년씩이나 걸렸겠지."

민서가 물었다.

"오빠, 세 번째 관문은 도대체 뭐였어?"

"그런 게 있어."

"아~ 그니까 뭐냐고?"

"몰라도 돼."

1년 동안 리나와 '그 짓'을 했다고는 죽어도 말 못할 것 같다.

상황을 알고 있는 활은 불만에 가득 찬 표정을 지었지만 현석이 무슨 짓을 했는지 말하지는 않았다.

그런데 사람들은 얼마 지나지 않아 이상한 점을 발견했다.

"한국 유니온장은 실무에만 집중했을 텐데, 어떻게 2위에 랭크되어 있지?"

*　　　　*　　　　*

성형은 퍼스트 앱서버로 전직했다.

처음부터 앱서버로 전직하려던 건 아니었다. 그러나 앱서버가 주는 달콤함의 세계는 마치 마약과도 같아서 빠져나올 수가 없었다.

특히나 그는 그냥 앱서버도 아니고 최초의 '퍼스트 앱서버'였다.

처음 앱서버로 전직하게 되었던 건 바로 현석과 실드 스킬북을 구매하러 갔었던 매장이었다.

성형은 살인을 함에 있어서 주저하지 않았었다. 그때도 그랬고 그때보다 더 과거에도 그랬다.

경매장에서 그는 '퍼스트 앱서버'라는 타이틀을 얻게 됐다. 다른 앱서버들은 전직을 통해 '세컨드 앱서버' 혹은 '써드 앱서버'로 전직하게 되었지만 퍼스트 앱서버는 달랐다. 특별한 점들도 있었다.

퍼스트 앱서버의 경우는 일단 마성의 영향으로부터 자유롭다. 최초의 앱서버가 받는 특전이었다. 뿐만 아니라 '수족'들을 부릴 수 있는 권한을 부여 받았다.

그게 성형이 유니온의 일에 집중하면서도 레벨 업과 동시에 힘을 키울 수 있었던 근본적인 능력이기도 했다.

성형은 그 수족들을 일컬어 '그림자'라고 표현했다.

그림자, 명훈의 광역 탐색에도 걸리지 않았던, 은신과 기습공격에 능한 가상의 생물체다. 좀 더 정확하게 표현하자면 소환수와 비슷했다. 사람과 굉장히 유사한 소환수 말이다.

처음에 성형이 부릴 수 있던 수족의 숫자는 1마리—사람의 형태를 하고 있으나 일단 '마리'로 통칭하기로 한다—였다. 그러나 사람을 죽이고 흡수함에 따라 그 수족의 숫자는 점점 더 늘어났다.

숫자만 늘어난 것이 아니라 능력도 굉장히 강화됐다.

퍼스트 앱서버의 특전은 거기서 그치지 않았다. 수족이 흡수하는 능력의 절반 이상을 퍼스트 앱서버가 흡수하게 됐다.

현재 성형이 부릴 수 있는 수족의 숫자는 약 250마리. 250마리가 전 세계 곳곳에 흩어져서 앱서버의 행세를 하며 사람들을 죽이거나 흡수했다.

명예의 전당을 둘러본 사람들이 쑥덕거렸다.

"한국 유니온장이 최초의 앱서버 획득이라는데?"

이상한 건 그뿐만이 아니었다.

"플래티넘 슬레이어도… 앱서버야. 세컨드 앱서버 전직이라고 나와 있어."

"말도 안 돼. 앱서버를 공적 취급한 게 아리랑이잖아."

아리랑의 실세 중 실세가 바로 한국 유니온장이다. 그에 의하여 앱서버가 공적이 됐다고 다들 알고 있다. 그런데 최초의 앱서버와 두번째 앱서버가 바로 한국 유니온장과 플래티넘 슬레이어라니. 다들 경악에 빠졌다.

미국 대통령 에디가 말했다.

"해명이 필요할 것 같습니다."

이쯤 되니 온갖 음모론이 떠돌았다.

─한국 유니온장과 플래티넘 슬레이어가 자신의 기득권을 지키려고 앱서버들을 몰아낸 것 같네요.

─아무래도 앱서버란 클래스가 리얼 꿀인듯. 그래서 다른 앱서버들이 못 쫓아오도록 다 죽여 버린 것 같은데.

─그렇게 따지면 한국 유니온장이랑 플래티넘 슬레이어는 살인마 아닌가요?

하지만 워낙에 둘의 명성이 높다 보니 다른 의견들도 있었다.

—먼저 앱서버를 경험한 사람들이기 때문에 앱서버의 위험성을 미리부터 깨닫고 공적으로 취급했을 수 있죠.
—실제로 마인이 나타나서 사람들이 얼마나 많이 죽었습니까? 그걸 벌써 잊었어요? 그리고 그 마인을 처리해 준 사람이 바로 플래티넘 슬레이어였습니다.

박성형이 말했다.
"공식적인 자리를 준비해 주세요. 아리랑을 통해 공식 입장을 밝히겠습니다."
이런 상황을 아예 예상하지 못했던 건 아니다. 성형은 침착하게 대응했다. 그간의 자료들과 영상들을 편집하고 구체적인 숫자들로 내용을 설명했다.
"저는 살인마가 맞습니다."
박성형은 여러 기자들을 모아놓고 설명을 시작했다.
"제가 처음 앱서버의 능력을 갖게 된 것은 과거 암암리에 열리던 상위급 슬레이어들의 경매장에서였습니다."
그 당시 성형은 상위급 슬레이어였다. 그들에 맞서 싸웠었다. 사람들은 그 설명에 동의했다. 죽이지 않으면 죽는 상황이었다.
뿐만 아니라.
"제 특수한 능력을 통해 블랙 나이트 수천 명을 사살했습니다. 살인이 옳은 일이 아님을 알고 있습니다. 그러나 대한민국의 국민이라면 그들이 얼마나 잔악무도한 짓을 했는지 알고 계실 겁니다."

블랙 나이트 수천 명을 죽였다고 했다.

"저는 마성의 영향에 자유로운 앱서버입니다. 그래서 마성의 영향을 받지 않았죠. 그러나 일반적인 블랙 나이트 혹은 앱서버들은 달랐습니다."

사람들은 또 고개를 끄덕였다.

"확실히… 블랙 나이트들의 횡포가 엄청나다고 하기는 했지."

박성형의 주장은 힘을 얻기 시작했다.

안 그래도 한국 유니온장에게 우호적인 시선이 많았다. 결정적으로 전 세계의 영웅으로 추앙받고 있는 플래티넘 슬레이어 역시 앱서버가 아니던가.

"저는 제 스스로를 정의의 사도라고 생각하지 않습니다. 그러나 그들의 횡포는 눈 뜨고 볼 수 없었습니다."

박성형은 자신이 퍼스트 앱서버를 얻게 된 경위와 그 힘을 통해 어떤 일을 했는지에 대해 자세히 설명했다.

앱서버를 죽여 성장한 앱서버. 그게 바로 박성형이었다.

박성형의 말만 듣고 보면 그랬다. 충분히 설득력도 있었다.

세계의 여러 국가와 기관은 침묵했다. 암묵적으로 박성형의 주장에 동의했다. 분명 이상한 부분들도 있기는 있었다.

"크리스, 어떻게 생각해?"

"미심쩍은 부분들이 있기는 있습니다."

"미심쩍은 부분?"

"그러나 그것을 입 밖으로 내지는 않는 게 좋을 것 같네요."

"어째서?"

"미국은 이미 한국과 한 배를 탔습니다. 박성형이 없는 아리랑은 생각할 수 없습니다. 그가 선인이든 악인이든 그런 건 중요하지 않아요. 그는 아리랑에 필수적인 인물입니다."

에디는 고개를 끄덕였다. 크리스의 의견에 전적으로 동의하는 건 아니다. 나쁜 사람은 언젠가 벌을 받아야 한다고 생각은 한다. 그러나 지금은 아니다.

"우리 역시 박성형의 입장을 지지해야만 하겠군."

"그렇습니다."

미국뿐만 아니라 다른 나라들 역시 마찬가지였다.

박성형이 어떤 사람이든 그건 중요하지 않았다. 다만, 한 사람은 아니었다.

한국 유니온, 유니온장실.

한 남자가 찾아왔다.

"성형이 형."

"…왔냐?"

유현석이었다.

유현석은 쇼파에 앉았다. 플래티넘 슬레이어 전담팀 이은솔이 녹차를 타왔다.

'어라? 분위기가 이상한데……'

보통은 한두 마디 가벼운 농담 정도는 나눴는데 오늘은 그럴 분위기가 아니었다.

유니온장이나 플래티넘 슬레이어나 둘 다 뭔가 심각한 표정으로 앉아 있었다. 이럴 때엔 자리를 피하는 게 장땡이라고 생각한 그녀는 서둘러 밖으로 빠져나왔다.

성형의 주위에 약 100여 명의 사람이 나타났다.

현석은 놀라지 않았다. 이미 예상은 하고 있었다.

"이 사람들, 사람이 맞아요?"

"사람은 아냐. 민서의 소환수 같은 느낌이지."

"이것들을 꺼낸 이유는요?"

"네가 날 공격할지도 몰라서."

현석은 피식 웃었다.

"공격하려면 진작에 했어요."

성형은 눈을 살짝 감았다. 지난 상황들을 곰곰이 곱씹어봤다. 예전부터 조금 찜찜했던 것이 있기는 있었다.

"…예전부터 알고 있었어?"

"네."

박성형은 눈을 뜨지 않았다.

"언제부터?"

"형이 제게 실드 스킬북을 전해줬을 때부터 이상하다고는 생각했어요. 뭐, 물론 그 당시부터 의심을 시작했던 건 아니지만……."

그날 경매장이 습격당했던 날 정체를 알 수 없는 괴한이 침입했었다.

"실드 스킬북은 사람을 죽여서 드롭된다는 거 중국으로부터 들었잖아요."

중국으로부터 실드 스킬북이 어떻게 드롭되는지 들었었다. 그때부터 의심을 시작했었다. 왜냐하면 현석은 실드 스킬북이 드롭되는 걸 보지 못했다.

당시 성형의 생각과는 달리 그 당시 현석은 꽤 여유로운 편이었다. 주위를 정확하게 파악할 여유 정도는 가지고 있었다.

현석은 그날 스킬북이 드롭되는 걸 전혀 보지 못했다. 그럼에도 불구하고 성형은 실드 스킬북을 전해줬다.

"이미 형은 실드 스킬북이 어떻게 드롭되는지 알고 있었을 확률이 높죠. 미리부터 입수하고 있었을 테고. 어차피 시간이 지나면 실드 스킬북은 분명 제 손에 들어오게 될 테니, 일단 제게 실드 스킬북을 줬을 거예요."

"……."

"그리고 형은 제가 실드를 익혔을 때 어느 정도의 등급이 나오는지 물어봤었죠. 그게 목적이었던 것 같네요. 자연스럽게 물을 수 있었을 테니."

그랬었다. 자연스럽게 물었었다.

"그 당시에는 저도 이상한 걸 몰랐는데 생각해보니 이상하더라고요. 아예 물어보지 않아도 될 문제였는데. 차라리 아예 비밀로 묻는 게 오히려 한국 유니온과 제게 더 좋지 않겠나 싶었어요. 뭐, 이건 그렇다 쳐요. 한국 유니온장이니 물어볼 수 있었겠죠."

그런데 박진호. 그러니까 지금은 하늘나라에 있는 박진웅의 아들에게 이벤트를 해줬을 때 분명 실드에 타격이 있었다.

"제 실드에 타격을 줄 수 있는 M—Arm. 그것도 제 동선을 미리 파악하고 있기라도 한 듯한 공격. 이 두 가지 요소를 정확하게 가지고 있는 사람은 형이었거든요. 아마… 이땐 들켜도 상관

없다고 생각했을지 몰라요. 조금 대담하긴 했거든요. 방식이."

실험을 통해 실드 스킬을 강도를 확인해 보긴 했었다. 그때, 현석은 일부러 실드 스킬을 약하게 펼쳤었다.

"중국에서도 마찬가지였어요. 심지어 미국에서도. 내 동선을 정확하게 파악하고 있는 비밀 단체. 그런 게 있었다면 진작에 발견되었겠죠."

계속 말했다.

"저를 흡수하려고 생각했는지 안했는지는 모르겠어요. 형이 제 능력을 객관적으로 파악하려고 했던 건지. 그도 아니면… 진짜로 나를 흡수하려고 내 능력을 파악하려고 했던 건지. 그건 형만이 알고 있는 사실이겠죠."

성형은 아무런 대꾸도 하지 않았다. 일단 잠자코 현석의 말을 들었다.

"일단 형이 날 흡수하려고 생각하고 있었다고 가정해 볼게요. 날 흡수하려고 하기는 했는데 내 성장 속도가 굉장히 빨랐죠. 자연계 몬스터가 나타나고… 새로운 던전들이 나타나고. 그래서 날 흡수하는 걸 보류했다고 생각할 수 있을 것 같아요."

"……."

"그리고 레드돔이 나타났죠. 뭐, 결론만 말하자면 저는 계속해서 엄청난 속도로 성장을 했어요. 형의 입장에서도 병아리를 잡아먹을 필요는 없었겠죠. 다 큰 닭이 되어 잡아먹는 게 이득일 테니까."

"……."

"그리고 대마인이 나타났을 때. 저는 명훈이가 얘기해 주더라고요. 당시에 누군가 숨어 있었다고. 대마인 이바니아와 클라라 외에 다른 누군가요. 저는 아마 형이 부리는 저것들 중 하나라고 생각해요. 제가 추측하기로 형의 본체는 가만히 있고… 저들이 흡수를 하면 형도 같이 강해지는 것 같네요."

"……."

성형은 녹차를 마셨다. 천천히 눈을 떴다. 현석이 말을 이었다.

"저는 클라라의 일부를 흡수했다는 알림을 들을 수 있었어요. 제가 일부를 흡수했다면 또 다른 누군가가 일부를 흡수했을 수도 있겠죠."

성형이 컵을 내려놨다. 손을 휘저었다. 주위를 둘러싸고 있던 '수족'들이 모두 사라졌다.

성형이 입을 열었다.

"그래서 나를 어떻게 할 생각이지?"

"하나만 물을게요. 날 진짜로 흡수하려고 했어요?"

성형은 고개를 끄덕였다.

"언젠가 만약 너조차도 상대할 수 없는 강대한 적이 나타나게 된다면… 그땐 흡수를 하려고 했을 거다."

"미국에서는 왜 날 공격하려 했어요? 그땐 흡수할 생각 아니었어요?"

"그땐 흡수하려했던 게 아니었어. 리나의 능력을 파악하기 위한 게 더 컸었지."

"……."

이번에는 현석이 녹차를 마셨다.

"너도 이미 예상하고 있었잖아. 그래서 내게 네 능력을 일정 부분 숨겼고."

그래왔다. 일부러 그랬다. 혹시 모르니까. 대표적인 예로 레전드 등급 융합에 관한 설명. 특수 스킬에 관한 설명도 일부러 누락했었다. 실드 스킬의 정확한 등급도 얘기 안 해줬었고. 일전에 민서가 이상함을 느끼고 물어보지 않았었던가.

이런 일이 벌어질까 싶어 일부러 힘의 일부를 숨겼던 거다.

성형이 다시 물었다.

"나를 어떻게 할 거지?"

현석이 자리에서 일어섰다. 확인은 끝났다.

"내가 지금 형을 죽이겠다면 어떻게 할 건데요?"

박성형도 자리에서 일어섰다. 박성형이 천천히 입을 열었다.

*   *   *

정보는 더 있었다. 현석은 성형이 부리는 '무력 집단'에 대해 수상하게 생각했었다. 그래서 일부러 더 안 물어봤다. 암묵적으로 인정을 하고는 있었으나 그에 대해 간과한 것은 아니었다.

현석은 현석 나름대로의 결론에 도달할 수 있었다. 그 무력 집단은 어쩌면 사람이 아닐지도 모른다고 말이다.

그 무력 집단의 능력에 대해서는 어느 정도 알고 있었다. 명훈의 광역 탐색에 걸리지 않는다는 것만 해도 일반 슬레이어들의 수준은 훨씬 뛰어넘은 수준이니까.

상식상 명훈의 탐색에 걸리지 않는 슬레이어는 있을 수 없다.

명훈은 현석과 항시 붙어 다녔으며 현석을 제외한 모든 슬레이어들 중에서 성장 속도가 가장 빨랐으니까. 없던 슬레이어가 갑자기 튀어나올 수는 없지 않은가.

만약 그 정도 슬레이어가 있었다면 분명 눈에 띄었을 거다. 그리고 상식적으로, 그런 능력을 가진 슬레이어가 유니온 밑에서 꼭두각시처럼 일을 할 리도 없다.

독재국가도 아니고, 그 정도 힘이 있으면 얼마든지 떵떵거리면서 살 수 있는데 왜 굳이 그림자를 자처한단 말인가. 그래서 슬레이어가 아닐 거란 생각도 하기는 했었다.

그 생각이 당시에는 의심인 수준이었지만, 지금에 이르러서야 사실로 드러난 거고.

성형이 말했다.

"나도 뭐 하나만 물어보자."

"……."

"내가 전력으로 너랑 싸우면 내가 이길 가능성이 있냐?"

이번에는 현석이 물었다.

"저도 그럼 뭐 하나만 물어 볼게요. 마인전쟁 이후로 형은 절 못 건드렸다고 했죠?"

성형은 고개를 끄덕였다. 그 당시 폴란드 시민 100만 명을 죽였다. 현석의 고의는 아니었다고 할지언정 어쨌든 현석은 그로 인해 막대한 경험치와 능력치 부여를 받았다.

뿐만 아니라 대마인 이바니아와 클라라도 일부 흡수했고 말이다.

"그렇다는 말은 마인전쟁 이후의 저는 흡수하기에는 리스크가 너무 컸다는 뜻이겠네요."

성형은 순순히 시인했다. 확실히 그랬다. 마인전쟁 이후의 플래티넘 슬레이어는 너무 강했다.

까딱 잘못했다가는 생명력을 다 날릴 판, 그래서 조금 조심했던 부분이 있다.

현석이 말했다.

"그 당시의 제가 10,000명이 있어도 지금의 저를 못 이겨요."

"……."

현석의 말은 과장이 아니었다.

슬레이어의 싸움은 숫자싸움이 아니다. 비슷한 등급끼리라면 많은 숫자가 유리하지만, 등급 자체가 다르면 아예 공격 자체가 성립이 안 되니까.

"한 가지만 정확하게 말씀드릴게요. 그 당시 저는 유니크 등급의 공격까지는 완벽 방어, 레전드 등급의 공격까지는 일부 방어였어요."

"……."

성형은 이미 그 정도는 예상하고 있었다.

플래티넘 슬레이어라면 응당 그 정도의 힘은 가지고 있었을 테니까. 유니크 등급 완벽 방어는 좀 놀라운 사실이긴 했지만 어쨌거나 예상범위 안이었다.

"지금은 레전드 공격까지도 완벽방어예요."

성형이 잠시 아무 말도 하지 못했다. 그러다가 어깨를 으쓱했다.

"나는 네 선택에 맡기마."

결단을 내려야 할 때였다.

성형은 결정이 빨랐다. 수족들을 전부 꺼내어 싸운다고는 해도 소용은 없을 것 같았다. 레전드급 공격을 완벽 방어. 그런데 거기에 명성효과로 인한 증폭까지. 어떤 공격을 해도 먹힐 것 같지는 않았다.

"나는 형이 날 흡수하려고 했는지 흡수하려고 하지 않았는지. 그건 둘째 문제로 칠 거예요."

현석이 들어보니 성형의 말도 일리는 있었다.

만약 현석 자신도 어쩌지 못하는 엄청난 몬스터가 나타난다면, 그땐 정말로 흡수를 해서 싸워야 할지도 모를 일이니까. 만약 반대의 상황이라고 생각한다면 이해할 수 있었다.

박성형을 흡수해서 다른 몬스터와 싸울 수도 있는 일이었다. 그러니까 그것만 가지고 탓할 것은 아니었다. 정말 중요한 건.

"앞으로도 저를 흡수할 생각이 있는지 없는지. 그것에 따라 처우가 달라지겠죠."

"나는……."

성형이 고개를 저었다.

"너를 흡수했다가는 3초 만에 죽을 것 같네."

성형은 현석을 흡수하는 것을 포기하기로 했다.

현석이 그럴 줄 알았다는 듯, 인벤토리에서 무언가를 꺼냈다. 성형이 그걸 확인했다.

'레어 등급 영혼의 계약서?'

현석이 어깨를 으쓱했다.

"상황이 이렇게 되었으니. 형 말을 전적으로 믿기는 힘들어요.

마음 같아선 그냥 믿고 싶은데, 상황이 그걸 허락하지 않네요. 저도 최소한의 안전 장치는 있어야 하니까."

현석이 문제가 아니다.

성형이 나쁜 마음을 먹으면 현석의 주변 사람들이 어려워질 수 있다. 그럴 거면 확실하게 매듭을 지어놓는 것이 낫다.

"파이널 보스 몬스터 퀘스트를 클리어했고 리나 슬레잉도 성공했거든요."

그 말은 곧, 스페셜 등급의 상점을 이용할 수 있게 됐다는 뜻이다.

"거기에 있더라고요. 그 계약서. 형의 생사여탈권까지도 제가 가지고 있어요. 미안한 얘기지만… 형이 여기에 동의하지 못하겠다면……."

현석은 말을 흐렸다.

말은 하지 않았지만 성형도 그게 무슨 뜻인지 이제 안다. 여기에 사인하지 않는다면.

'나는… 여기서 죽겠지.'

성형은 깨끗하게 포기했다. 아니, 차라리 어쩌면 이게 나을 수도 있다. 비록 예전과 같은 관계는 힘들겠지만 적어도 신뢰 관계는 유지할 수 있을 테니까.

"동의… 할게."

*　　　　*　　　　*

하종원이 투덜거렸다.

"너는 도대체 언제까지 사기냐?"

현석은 처음부터 여태까지 사기였다. 그런데 이번에는 더 사기다. 종원은 그렇게 생각했다.

그렇게 생각하게 된 이유는 다름 아닌 '스페셜 등급 스토어'때문이었다. 단순히 스페셜 등급 상점을 이용할 수 있게 된 것에는 전혀 불만이 없다.

"솔직히 버그 아냐?"

명훈도 동의했다.

"버그지, 버그."

현석은 머쓱하게 웃었다. 그 스스로도 사기라고 생각을 한다. 현재 그의 스탯을 살펴보면 모든 스탯이 MAX 상태다. 그런데 하나는 다르다. 바로 정력이었다.

정력의 경우는 Unlimited 상태. 파이널 모드를 클리어한 이후, 활은 대부분의 정보를 가질 수 있게 됐다.

활에게 설명을 들었다. Unlimited에 관해서 말이다. 활은 간단명료하게 설명해 줬다.

"써도 써도 안 줄어요."

그리고 활은 활짝 웃었다. 자랑스러운 듯 말했다.

"주인님은 정력왕!"

'어서 활이의 아이를 낳아 주세요!' 하고 외치는 걸 현석은 겨우 떼어놨었다.

어쨌든 써도 써도 줄어들지 않는다는 말은 현석에게 무한의 재화가 있다는 말이나 다름없었다. 현석은 아이템 상점을 사용할 때, 스탯을 소모해서 아이템을 사니까.

명훈은 고개를 절레절레 저었다.

"이건 진짜 사기지."

하지만 현석이 스페셜 스토어에서 아이템을 사서—공짜로—명훈에게 줬을 때 반응이 싹 바뀌었다.

"형, 사랑해."

종원도 태도가 바뀌었다.

"나도. 형, 내가 형 진짜 사랑하는 거 알지?"

결과적으로 말하자면 인하 길드원들은 전 세계에서 딱 한 명만이 이용 가능한 스페셜 등급 스토어에서 나온 최소 레어 이상급 아이템으로 풀무장했다.

종원은 자신감에 차올랐다.

"이 정도면 드래곤 로드는 무리여도 드래곤까지는 무난하게 잡겠는데?"

미국 대통령 에디는 아주 조금 절망했다.

플래티넘 슬레이어의 대저택을 구하려고—그게 플래티넘 슬레이어가 제일 좋아하는 선물이니까—애를 썼고 드디어 레어 등급의 대저택 아이템을 손에 넣었다.

이번에야말로 세계의 제왕 플래티넘 슬레이어에게 뇌물을 갖다 바칠 수 있는 기회라고 생각했다. 그런데 그 기회가 물 건너갔다.

〈플래티넘 슬레이어. 평양에 대저택 건설.〉
〈유니크 등급의 대저택으로 알려져.〉

에디는 분노했다.

"어떻게 유니크 등급의 대저택이 나타날 수가 있어!"

크리스는 주위를 둘러봤다. 아무도 없었다. 30년 지기 친구인 에디를 진정시켰다.

"스페셜 등급의 상점을 이용할 수 있게 되었다는 것 같아. 거기에 유니크 등급 대저택이 있고."

"아… 이거 구하는데 들어간 돈이 얼만데……."

"어쩔 수 없지. 네가 쓰든지……."

"미쳤냐? 이걸 어떻게 써?"

크리스도 한숨을 내쉬었다.

크기가 무려 600제곱킬로미터에 달한다. 이 정도 땅을 가진 사람은 이 세상에 없다. 있다고 해도 그런 엄청난 크기의 땅에 집을 지을 정신 나간 놈은 플래티넘 슬레이어말고는 없다.

현 시대의 땅은 곧 재산이니까. 겨우 집 하나 짓겠다고 그 정도 규모를 투자한다? 어불성설이다.

뇌물을 구해서 정말 기뻤는데 그 뇌물이 이제 쓰레기가 되어 버렸다. 소식을 들은 현석에게 연락이 왔다.

―고마워요. 잘 쓸게요.

"예?"

에디는 순간 당황했다. 뭐가 고맙다는 거지.

―미국에서 여러모로 신경을 많이 썼다고 들었습니다.

"아, 그, 그렇죠."

물론 그렇지만 이제 당신에게는 쓸모없잖아. 유니크 등급의 저택이 생겼다며? 유니크 등급 이하의 모든 몬스터를 막아내는 엄청난 저택이라며? 묻고 싶었다. 하지만 참았다.

―안 그래도 따뜻한 나라 쪽에 별장 하나 지을까 했거든요. 잘 됐네요.

"아……."

플래티넘 슬레이어를 너무 얕봤다. 별장, 이건 생각도 못했다. 요즘 같은 시대에 별장이 웬 말이란 말인가. 별장 같은 건 아무리 돈이 많아도 쓸모없는 거다.

그런데 플래티넘 슬레이어에겐 아니었나 보다.

현석은 기분이 좋았는지 한 가지 약속을 해줬다.

―나중에 시간 되면 워프 게이트나 몇 개 더 깔아드릴게요.

"저, 정말입니까?"

에디는 '감사합니다, 폐하' 하고 말할 뻔했다.

워프 게이트는 감히 가치를 측정할 수조차 없는 엄청난 보물이다. 시간과 공간을 획기적으로 줄여주는 아이템이니까.

'워프 게이트까지 사들일 수 있다면… 플래티넘 슬레이어는 정말로 이 세상의 왕이다.'

시간과 공간마저도 다스리는 셈이 되니까.

'그래도 설마… 여러 개를 한꺼번에 구입하거나 그러지는 못하겠지.'

한편, 민서가 말했다.

"오빠. 나 학교 가는데 워프 게이트 하나만 깔아주면 안 돼?"

사회 시스템이 정상적으로 돌아가기 시작했다.

아직은 초기 단계에 불과했지만 그래도 조금씩, 원래의 모습을 찾아갔다. 더 이상의 난이도 상승이 없다고 생각하자 사람들은 더욱더 적극적으로 사회 인프라를 건설하고 원래의 사회를 만드는데 노력했다.

민서 역시 학교를 다시 다니게 됐다.

현석은 쉽게 승낙했다.

"그래."

워프 게이트 같은 경우는 구매 제한이 없다. 그리고 현석은 정력이 Unlimited다. 원하는 만큼 구매가 가능하다.

미국 대통령 에디는 기쁨에 가득 찼다.

"언제 해주려나? 하나 해주는데 시간은 얼마나 걸릴까? 그에 따른 경제적 가치는 얼마나 될까? 나 이거 받아내면 지지도 엄청 오르겠지? 빨리 해주면 좋겠다. 늦어도 1년 안에 하나만 해줘도 참 좋을 텐데."

민서랑은 처지가 많이 달랐다.

*　　　　　*　　　　　*

현석의 대저택은 다시 평양에 건설됐다. 사실 건설이랄 것도 없었다. 아이템을 사용하는 순간 생겨나니까. 모든 것이 자동으로 처리되지만, 그래도 사람 사는 곳이다.

관리할 사람 약 3천 명을 고용한다는 공고를 걸었고 전 세계에서 6천만 명이 지원했다.

유니크 등급 이하의 모든 공격을 막아내는 대저택이다.

말이 저택이지 사실 하나의 도시나 다름없었다. 무엇보다도 그곳에는 드래곤 로드조차도 죽일 수 있는 플래티넘 슬레이어가 있다.

이 세상에서 제일 안전한 곳이다.

한국 유니온의 본사 역시 그 곳으로 이동하기로 했다.

현석과의 협의를 거친 끝에 아리랑 역시 플래티넘 슬레이어의 대저택 내에 들어가게 됐다. 플래티넘 슬레이어가 이사하자 평양은 세계의 메카이자 중심지처럼 되어 버렸다.

민서는 눈을 말똥말똥 빛냈다.

"와… 좋다, 좋아."

현석에게 팔짱을 꼈다.

"오빠 내가 생각해 봤는데 오빠 진짜 짱인 거 같아."

욱현이 피식 웃었다.

"너 친오빠한테 하트 쏘지 마라. 저기 언니들이 질투한… 어라?"

그런데 욱현은 조금 이상함을 느꼈다.

민서의 눈이 하얗게 물들기 시작한 거다. 예전부터 저런 모습 가끔씩 봤었다. 그런데 오늘은 뭐랄까. 조금 이상했다.

"민서야, 너 괜찮아?"

"……"

민서에게서 대답이 들려오지 않았다. 민서 주위의 공간이 일렁거리기 시작했다. 자이언트 터틀 군단이 대거 소환됐다.

현석이 민서를 쳐다봤다.

"민서야, 너 왜 그래?"

민서의 눈동자에는 초점이 없었다. 눈이 완전히 하얗게 물들어 있었다. 처음 보는 현상이다. 민서가 민서 같지가 않았다.

"활! 이거 도대체 어떻게 된 거야?"

*　　　　　*　　　　　*

계약된 주인의 능력에 따라 안내자는 진화한다.

활은 모든 안내자들 중에서도 최정점이라고 할 수 있겠다. 파이널 보스 몬스터 퀘스트를 클리어한, 명예의 전당 1위에 빛나는 플래티넘 슬레이어의 안내자니까. 활이 대답했다.

"배가 고픈 것이어요."

"그게 무슨 뜻이야?"

"테이머는 특수한 클래스인 거 아시죠? 하고 싶다고 해서 아무나 할 수 없어요. 몬스터와의 친화력이 가장 중요해요. 이건 애초에 슬레이어로 각성할 때부터 정해지는 거예요."

"그래서?"

자이언트 터틀 군단이 모습을 드러냈다.

왕언니를 필두로하여 자이언트 터틀 200여 마리가 나타났다.

원래대로라면 200마리를 소환하면 민서는 지쳐서 쓰러져야 하는 게 맞다. 그러나 지금은 아니었다. 200마리가 나타나서 현석의 대저택을 가득 메웠다.

한편, 한국과 인접해 있는 국가들은 초비상이 걸렸다.

"몬스터 반응. 다수 발견되었습니다!"

예전 ㈜소리는 몬스터 탐지기를 만든 적이 있다. 이지 모드와 노멀 모드 시절. 그 당시에는 현석만 사용했었다. 그것은 점점 더 진화하고 발전하여 이제 국가단계에서 실용화 단계에 이르렀는데, 아무래도 기계가 고장이라도 난 것 같았다.

"어, 엄청난 반응입니다."

"서, 설마 드래곤인가?"

크기로 보나 반응 수치로 보나 정말 드래곤일 수도 있겠다 싶었다.

파이널 모드의 공식적인 끝판왕 말이다. 핵으로도 물리칠 수 없고 오로지 플래티넘 슬레이어만이 퇴치 가능한 그 어마어마한 괴물.

"위성화면 띄워!"

태평양 건너 미국도 초비상 상태다. 미국의 기술력은 전 세계 제일이라고 할 수 있다. 한국에서 일어난 이상 반응을 알아차렸다.

"도대체 무슨 일이 일어나는 거냐?"

미국, 러시아, 일본, 중국, 그중에서도 러시아와 중국이 굉장히 긴장했다.

강대한 몬스터의 반응이 나타나는 곳은 평양 근처이며 중국, 러시아와도 가까운 거리였으니까. 만약 이 반응이 정말 드래곤이라고 한다면 1시간이 안 걸려 넘어올 수도 있다.

장위평이 가장 중요한 사실을 확인했다.

"현재 플래티넘 슬레이어의 위치 확인됐나?"

"평양의 대저택에 있을 거라 추정됩니다!"

다른 건 필요 없다. 아무리 강한 몬스터가 나타나도 플래티넘 슬레이어만 거기에 있으면 된다. 초긴장 상태에 접어들었던 장위평은 그나마 안도의 한숨을 내쉬었다.

"아……."

다들 다행이라고 생각했다.

플래티넘 슬레이어가 멀리 떨어져 있을 때 드래곤은 재앙이지만, 플래티넘 슬레이어가 옆에 있을 때의 드래곤은 약골이다.

"화면 전송하겠습니다."

에디는 침음성을 흘렸다.

"자이언트 터틀 군단?"

그러고 보니 평양의 약 600제곱킬로미터에 달하는 넓은 면적은 플래티넘 슬레이어 소유의 대저택이다. 그곳은 유니크 등급 이하의 공격을 구사하는 모든 몬스터로부터 안전한 안전지대.

그렇다는 말은 저곳에 유니크 등급을 초과하는, 이를테면 제왕급 몬스터가 나타났든지 그도 아니면 몬스터가 아니든지 둘 중에 하나라는 소리다.

"유민서가 소환을 한 모양인데……."

몬스터는 안 되지만 테이밍된 소환수는 되는 건가. 에디는 안도의 한숨을 내쉬었다.

"자이언트 터틀 군단. 남쪽으로 서서히 움직이고 있습니다."

"뭐라고?"

에디는 이 상황을 이해할 수 없었다.

자이언트 터틀은 움직이는 거대한 탱크다. 그냥 걸어가는 것만으로도 주위에 심각한 피해를 입힌다. 자이언트 터틀킹만 해도 그런데 자이언트 터틀이 무려 수백 마리.

이 몬스터들이 일렬로 늘어서서 달리기만 해도 한국은 초토화가 될 거다.

크리스가 한 가지 가정을 내뱄다.

"조심스러운 생각이지만… 유민서가 몬스터 관리에 실패하고 있는 건 아닌지……"

＊　　　＊　　　＊

활이 말했다.

"리나 언니에게는 발정기가 있잖아요. 그거랑 비슷해요. 민서 언니는 테이밍을 계속해야 해요. 그래서 힘을 방출시켜야 하는데, 그러지 않았… 아니, 못했어요. 사실 제가 더 신경 썼어야 했는데……"

활의 크기가 작아졌다. 인형의 크기로 변했다.

"주인님한테만 꽂혀서 신경을 못 썼어요. 죄송해요."

현석이 황급히 물었다.

"그래서 어떻게 해야 하는데?"

지금 민서의 상태가 아무래도 이상하다.

온몸에서 경련이 일어나고 눈이 완전히 하얗게 물들었다. 입을 살짝 벌리고 침까지 흘리는 중이다. 저대로 두면 무슨 사단이 일어날 것 같았다.

"지금 폭주 상태에요. 저 폭주를 멈추려면… 테이밍이 필요해요. 힘을 완전히 방전시켜 버리면 돼요."

그러고 보니, 예전부터 민서의 눈이 변하는 시기가 있기는 있었다. 바로 오우거를 만났을 때였다.

"오우거?"

그때마다 묘하게 말도 이상해졌었다.

리나의 발정기와 연관 지어 생각해 보니 나름대로 납득은 됐다.

리나에게 성적인 발정기가 있다면 민서에게는 테이밍에 관한 발정기가 있다고 이해하면 이해할 수 있을 것 같았다.

"오우거 한두 마리로는 어림도 없어요. 즉시 움직여야 돼요!"

*　　　　　*　　　　　*

리나가 민서 앞에 섰다. 리나의 머리카락과 분위기가 변하기 시작했다.

종원과 명훈을 비롯한 인하 길드원들은 숨을 죽이고 리나를 쳐다봤다. 뭐랄까. 감히 말을 할 수가 없었다.

리나의 모습이 예전과 조금 달라졌다. 예전부터 약간 다가가기 힘든 느낌이긴 했는데 지금은 아예 범접할 수조차 없는 절대자의 느낌이었다.

머리카락은 붉은색을 머금은 황금빛으로 빛나기 시작했고 그와 비슷한 황금빛이 온몸에서 새어 나왔다.

"다녀오겠다."

리나가 사라졌다. 홍세영도 말했다.

"나도."

하종원도 움직였다.

"나도."

욱현도 자신의 역할을 분명히 했다.

"어떻게든 데려오기만 하면 한꺼번에 조지는 건 제가 맡겠습니다."

자이언트 터틀 군단은 왕언니를 필두로 하여 계속 남쪽으로 진군했다. 저대로 그냥 두면 엄청난 피해가 발생할 것은 자명한 일이었다.

현석이 왕언니의 앞을 막아섰다.

"또 얻어터질래?"

왕언니의 몸이 움찔했다.

"한 발자국이라도 움직이면 죽는다."

왕언니의 몸이 또 움찔했다. 주인과 마찬가지로 몬스터 역시 제정신 같아 보이지는 않았다. 콧김을 내뿜었다. 명백한 적의였다.

"어쭈, 이게 좀 덜 맞았나 본데."

현석이 주먹을 들어 올렸다. 그러자 공포가 왕언니를 짓눌렀다. 예전의 기억이 떠오른 듯했다.

왕언니는 몸을 부르르 떨더니 얼른 등껍질 속으로 숨어 버렸다. 왕언니가 그런 모습을 보이자 나머지 자이언트 터틀도 따라 했다.

한국과 인접한 국가들을 초긴장 상태에 몰아넣었던 재앙급 몬스터들이 현석의 협박에 등껍질로 숨어 버렸다.

민서는 침을 질질 흘리며 연신 '테이밍… 테이밍… 테이밍!!' 하고 외쳐댔다. 민서의 하얀 눈에 실핏줄이 돋아났다.

현석은 아리랑에도 연락을 넣었다.

"오우거 위치 파악되는 대로 전부, 어디든 괜찮으니까 전부 알려주세요."

지금은 오우거가 필요했다.

지금 인하 길드원들이 뿔뿔이 흩어진 이유도 바로 오우거를 두드려 패서라도 데려오기 위해서였다.

"욱현 형. 민서를 부탁해요."

현석은 등껍질에 숨은 자이언트 터틀들을 힐끗 쳐다봤다. 다 들으라는 듯 크게 말했다.

"폭주하면… 얘네도 그냥 죽여 버려요."

"오케이."

왕언니의 거대한 몸집이 움찔 떨렸다.

'오우거가 많이 필요해.'

현재 현석에게는 오우거가 필요했다. 그러나 아리랑은 다르게 해석했다. 아리랑의 간부들은 감탄에 감탄을 더했다.

'역시 플래티넘 슬레이어다. 가진 힘의 책임을 다하는 성인. 정말 볼 때마다 놀랍다.'

누군가가 말했다.

"진정한 노블리스 오블리주… 군요."

현석은 가만히 있어도 된다. 하고 싶은 거 아무거나 다 하면서 놀고먹어도 된다. 그런데 굳이 오우거를 찾아 나서서 섬멸하겠단다. 그 말이 무슨 뜻이겠는가?

드래곤이 나타난 시대이긴 하지만 오우거 역시 위험한 몬스터임에는 틀림없었다. 인류가 위험해지지 않도록 나서서 힘을 보태겠다는 뜻 아니겠는가.

"그러면서도 어떤 보상도 요구하지 않았어. 역시 플래티넘 슬레이어는……."

심지어 그 어떤 보상이나 요구 조건도 말하지 않았다. 역시 플래티넘 슬레이어는 살신성인의 슈퍼 히어로가 맞았다.

현석은 오우거를 잡아 오면서도 민서의 상태를 꾸준히 관찰했다.

민서는 발작을 일으키며 울부짖고 있는 상태.

활에게 물어보니 저 상태가 너무 오래 지속되면 마인처럼 완전히 미쳐 버릴 수도 있다고 했다.

〈플래티넘 슬레이어 및 인하 길드. 세계 평화를 위해 오우거 색출!〉
〈진정한 의미의 노블리스 오블리주.〉

인하 길드원들이 아리랑의 협력과 최상위 슬레이어들의 도움을 얻어 주변의 오우거들을 쓸어왔다. 오우거들이 산 채로 워프 게이트로 끌려가는 황당한 장면들도 다수 포착됐다.

〈인하 길드원. 오우거 솔로잉 가능.〉
〈오우거 솔로잉이 아닌 생포!〉

솔로잉은 물론 대단한 일이다. 그러나 그것보다 생포는 더 대단하다. 죽이는 것보다 살려서 끌고 가는 게 훨씬 힘든 일이니까.

그런데 인하 길드원들은 그걸 해냈다. 본의 아니게 인하 길드원의 진정한 능력을 전 세계에 공표한 셈이 됐다.

물론 그 능력은 현석 덕분에 얻었다. 말이 조금 이상해지기는 하지만, 더 정확하게 말하면 현석의 끝없는 정력 스탯 덕분이었다.

3일이 흘렀다. 다행히 민서의 폭주는 어찌어찌 막아냈다.

민서는 정확하게 오우거 92마리를 테이밍했으며 덕분에 전 세계는 축제 분위기였다. 오우거처럼 강력한 개체가 대부분 사라졌으니까 말이다.

민서의 침대 옆, 현석은 안도의 한숨을 내쉬었다.

"다행이야."

현석이 물었다.

"활아."

"네, 주인님. 말씀하시어요. 활이가 여기 있답니다."

"내가 예전부터 계속 생각해왔던 건데. 한국에 가장 강한 몬스터가 가장 빨리 나타나는 게 진짜 나 때문이야?"

활이 일말의 망설임도 없이 대꾸했다.

"가장 강한 몬스터가 가장 빨리 나타나기 때문에 주인님이 한국에 계신 것이어요. 순서가 달라요."

현석은 어깨를 으쓱했다. 활의 말이 진짜인지 아닌지는 잘 모르겠다. 활도 이제 많이 영악해졌다.

"내가 괜히 충격 받을까 봐 거짓말하는 거 아니고?"

활이 크게 타올랐다.

"활이는 거짓말 같은 건 절대절대 몰라욧! 흐, 흥! 자꾸 이러시면 반항할 테다."

활의 반항은 오래가지 못했다.

현석이 활의 머리를 슥슥 쓰다듬자 활은 또 기분이 풀렸는지 배시시 웃었다.

"그럼 몬스터들이 나타나는 거, 민서랑은 관련 없어?"

예전 성형이 조심스레 의견을 말했던 적이 있다. 몬스터들이 나타나는 것들. 민서와 관련이 있는 것 같다고. 실제로 민서와 관련이 있는 지역에 몬스터들이 가장 먼저 나타나지 않았던가.

"관련이 없다고 볼 수는 없을 것 같아요."

"무슨 뜻이야?"

"테이머와 몬스터는 불가분의 관계예요. 테이머는 몬스터를 필요로 하고 몬스터는 테이머에게 끌려요."

"……."

그 말을 달리 하자면 테이머가 있는 곳으로 몬스터가 몰릴 수도 있고, 몬스터가 있는 곳으로 테이머가 향할 수도 있다는 소리다.

"아마 민서 언니는 본능적으로 몬스터가 나타날 위치 혹은 나타난 위치에 가고 싶어 했을 것이어요. 음, 인간 식으로 얘기를 하자면……."

활은 곰곰이 생각하다가 다시 입을 열었다.

"두 갈래 길이 있어요. 왼쪽, 오른쪽. 어디로 갈지 선택을 해야 하는 거예요. 만약 오른쪽에 몬스터가 있다면 민서 언니는 오른쪽을 더 가고 싶어 할 거예요."

어디까지나 가고 싶어 하는 것뿐이에요. 실제로 거기로 갈지 안 갈지는 모르겠지만, 하고 활은 설명을 덧붙였다.

'얘 몸이 좀 허해졌을 것 같은데.'

뭐가 좋을까 하고 생각해 봤는데, 드래곤 하트 정도를 먹이면 좀 좋지 않을까 싶었다. 그거 엄청난 보약 아니던가.

아리랑에 즉시 연락했다.

"드래곤 나타나면 바로 연락주세요."

플래티넘 슬레이어의 그 같은 결정은 또다시 아리랑 간부들을 감탄하게 만들었다.

힘 있는 자가, 그 힘을 뜻 있게 쓸 때 그게 얼마나 값진 것인지 언론들이 앞다투어 보도했다.

플래티넘 슬레이어는 타 슬레이어들의 모범과도 같았다.

현석이 보기에 다소 오그라드는 제목의 기사들도 앞 다투어 발표됐다.

〈플래티넘 슬레이어. 그가 아니었으면 인류는 없었다.〉

에필로그

세계는 엄청난 발전에 발전을 거듭했다.

과거 과학기술이 세계의 문명을 이끌었다면 이제는 '아이템'이 세계의 문명을 이끌었다.

아이템과 시스템, 이것은 이제 하나의 자연 현상으로 받아들 여지게 됐을 정도다.

물론 일각에서는 이 비밀을 밝히기 위하여 여러모로 고군분 투하고는 있으나 이것은 애초에 과학적으로 설명하기가 불가능 한 영역이라는 주장이 지배적이었다.

어쨌든 이 신문명의 중추에는 대무역 시대를 연 장본인인 플래티넘 슬레이어가 있었으며 플래티넘 슬레이어는 이 시대의 살아 있는 전설이 되어버렸다.

물론 과학 자체가 퇴보한 건 아니었다. 오히려 아이템의 도움을 얻어 과학 기술 분야도 탄력을 받아 계속하여 발전했다. 파이널 모드가 클리어된 이후 과거의 영광, 아니, 그 이상의 찬란한 영광의 시대가 도래한 셈이다.

물론 그 외에도 다른 변화는 있었다. 불과 얼마 전까지만 해도 황당한 얘기지만, 일부다처제 제도가 확립됐다.

이 제도는 미국에서부터 공식적으로 시작되었는데 전 세계가 그에 동참했다.

사람들은 그에 대해 아무런 불만도 보이지 않았다. 세계가 안정화되어 가고 있다고는 해도 여전히 힘은 중요한 요소다. 힘이 있어야 살아남는다. 원시 시대와 비슷했다.

그러한 상황 가운데, 오히려 일부다처제는 효율적인데다가 인류를 번영시킬 수 있는 하나의 수단이 되었다.

8살쯤 되어 보이는 꼬마 여자아이가 엄마에게 말했다.

"평화 엄마, 나 좀 도와주세요."

아이는 숙제가 있을 때면 언제나 평화를 찾았다. 다른 엄마들은 별로였다. 숙제에는 하나도 도움 안 되는 엄마들. 그래서 평화 엄마한테 도움을 요청한 거다.

"존경하는 사람 써오래."

"우리 상아는 존경하는 사람이 누구야?"

상아는 해맑게 웃으며 얘기했다.

"플래티넘 슬레이어!"

평화는 빙그레 웃었다.

"옳지, 옳지. 그렇지. 잘 쓰네. 우리 상아. 아유. 예뻐라."

상아는 또박또박 글씨를 써 내려갔다. 평화는 상아의 머리를 쓰다듬으며 칭찬해 줬다. 상아는 기분이 좋은지 헤헷, 하고 웃었다.

다음 문항은 되고 싶은 사람이었다. 상아는 일말의 망설임도 없이 크게 말했다.

"플래티넘 슬레이어!"

다음 문항은 결혼하고 싶은 사람이었다.

평화는 인상을 살짝 찡그렸다. 이거 어느 선생님이 문제를 내 준 건지는 잘 모르겠지만 아무래도 문항을 대충 만든 것 같다. 그래도 그런 티를 낼 수는 없었다. 다시 물었다.

"우리 상아는 누구랑 결혼할 거야?"

"플래티넘 슬레이어!"

평화는 이마를 짚었다. 그거 네 아빠야. 그 소리를 좀 더 완곡하게 돌려서 표현했다.

"플래티넘 슬레이어님은 나이가 아~ 주 많아요."

"괜찮아, 사랑에 나이는 중요하지 않다고 그랬어!"

"누가?"

"활이 언니가!"

상아는 자신의 아빠가 플래티넘 슬레이어인 줄 모른다.

언젠가 알리긴 알려야겠지만 일부러 말해주지 않았다. 어린아이가 지나친 특권 의식을 갖게 되는 것을 방지하기 위해서였다.

저만치 걸어오던 활은 얼른 크기를 줄였다. 비록 체온은 높지만 사람과 완전히 똑같은 형태로 변환이 가능한 활은 이제 아주 어린 꼬맹이의 모습이 됐다.

평화가 빙그레 웃었다.

"활, 애기들한테 이상한 거 가르치지 말라고 그랬지."

활은 저 미소가 무섭다.

"으, 응. 언니. 나 이상한 거 하나도 안 가르쳤어."

평화는 고개를 갸웃했다.

평소대로라면, 활은 몸집을 아주 작게 만들었거나 아예 몸을 숨겼을 거다. 그런데 어린아이의 모습으로 변하는 게 한계인 것 같았다.

"활. 너 왜 그래? 뭐 문제라도 생겼어?"

활의 머리맡에서 불덩어리로 이루어진 땀방울이 흘러내렸다.

"아냐, 언니. 신경쓰지 마, 하, 하, 하핫, 하하핫!"

의심스러웠다.

*   *   *

박성형이 플래티넘 슬레이어의 대저택을 찾았다. 사실상 대저택이라고 불리고는 있으나, 이게 저택인지 모르는 사람도 많다. 애초에 워낙에 넓은 땅이니까.

박성형이 말했다.

"잘 살고 있는 것 같네."

성형이 피식 웃었다.

"오랜만이네요."

성형과 현석의 관계는 예전과 같을 수는 없었다. 이젠 갑을 관계가 확실해졌다. 현석이 갑, 성형이 을이다.

영혼의 계약서로 묶여 있는 상태. 그러니까 예전 같은 관계로는 돌아갈 수 없었다. 그건 성형도, 현석도 잘 알고 있었다.

"많이 피곤해 보인다."

현석이 고개를 끄덕였다.

"죽을 것 같아요."

"좀 쉬지 그래?"

"저도 좀 쉬고 싶네요."

현석은 고개를 절레절레 저었다. 정력 스탯 Unlimited는 물론 대단하긴 하지만 만능은 아닌 것 같았다.

물론 정력은 충분하다. 그러나 이건 정력과는 약간 다른 느낌이었다.

"한의학에서 말하는 기가 빠진다? 기가 허해진다? 그런 게 뭔지 알 것 같네요."

"부인이 네 명씩이나 되니까. 심지어 다들 내로라하는 미녀들이고."

현석이 중얼거렸다.

"드래곤이라도 나타나면 얼른 말해줘요."

참고로 최근 8년간 드래곤은 모습을 나타내지 않았다.

"드래곤 하트라도 먹어야지. 그거 보약이잖아요."

성형은 어이가 없어 피식 웃고 말았다.

핵조차도 어떻게 할 수 없는 엄청난 괴물인데 현석 앞에서는 그냥 좋은 보약인 듯했다.

"나이 먹으면 보약 먹어야 한다더니."

"그러고 보니 넌 진짜 안 늙네. 그때 이후로 8년이나 지났는데."

성형은 현석을 쳐다봤다. 아무리 잘 쳐줘도 20대 중반이나 후반 정도로 보인다. 40대로는 절대 안 보였다.

시간이 흐르면서 밝혀진 몇 가지 사실이 있다. 슬레이어의 능력이 높으면 높을수록 노화가 더디게 진행된다는 연구 결과가 알려졌다. 그 한계치가 어느 정도인지는 아직 연구가 진행 중이지만 노화가 느려진다는 건 확실했다.

'오히려 현석의 경우는 예전보다 더 젊어진 것 같은데.'

그것뿐만 아니라 슬레이어로서의 능력은 유전된다는 것이 확실히 밝혀졌다. 이론이나 근거는 없었지만 결과들이 그랬다.

뛰어난 능력을 가진 부모 밑에서 태어난 아이들은 그만큼 뛰어난 잠재력과 능력을 가지고 태어났다.

"그리고 보니 7번째 아이가 초등학교 들어갔다고 했었나?"

"네, 뭐. 이번에 들어가게 됐어요. 마침 내일이 첫 입학이네요."

"능력이……."

현석이 피식 웃었다. 7번째 아이. 놀랍게도 7번째 아이는 리나로부터 얻었다.

리나가 임신을 하고 아이를 낳은 거다. 더욱 놀라운 사실은 이 아이는 태어나서 1분 만에 걸음마를 익혔으며 3분 만에 언어를 습득했다.

그 아이가 지금 8살이 됐다. 아이의 이름은 린다, 딸이었다.

"각별히 조심시키고 있어요. 봉인 팔찌도 확실히 착용시키고 있고."

문제는 이 아이의 능력이 지나치게 강대하다 보니, 다른 아이들을 실수로 치거나 싸우기라도 하면 큰일이 난다는 것.

그래서 스페셜 등급 스토어에서 레어 등급의 봉인 팔찌를 사서 채웠고 물리 모드를 절대로 풀지 말라고 언제나 주지시켰다.

그 당시, 그러니까 드래곤 로드를 슬레잉했을 당시보다도 더 강하게 설정된 리나의 능력을 이어받아 태어난 아이다.

다시 말해, 아빠는 플래티넘 슬레이어고 엄마는 여왕이다. 일 반적인 아이와는 궤를 달리하는 강함을 갖고 태어났다.

                    *   *   *

린다는 신이 났다. 드디어 학교다. 아빠의 손을 잡고 학교로 향했다.

"아빠, 아빠, 아빠. 린다는 신나!"

"그래?"

현석은 린다를 보며 흐뭇한 미소를 지었다. 요즘 그는 힘들긴 힘들어도 나날이 행복하다. 눈에 넣어도 아프지 않을 자식들이 무려 12명.

이 아이들이 무럭무럭 커가는 것을 보는 건 이루 말할 수 없 는 기쁨이었다.

현석은 슬쩍 인상을 찡그렸다. 사랑스러운 딸아이를 보내려는 데 학교가 아무래도 마음에 안 든다.

물론, 좋은 학교이기는 하다. 그러나 레어 등급의 대저택에서 살고 있는 현석의 마음에 찰 리 없다.

'여기 화장실도 좀 고치고… 운동장도 개편하고. 무엇보다도 안전지대 설치가 급선무겠어. 혹시 모르니까 워프 게이트도 하 나 깔고.'

직접 눈으로 보니 고칠 것투성이다. 직접 대놓고는 안 할거다. 아리랑을 통해서 할 거다.

학교 측도 신입생들 중에 플래티넘 슬레이어의 아이가 있다는 건 알겠지만 그게 누구인지는 몰랐다. 일부러 모르게 했다.

그때 사이렌이 울리기 시작했다.

'이래서 안전지대가 필요하다니까.'

안전코어를 획득하기 쉽지는 않지만 그래도 마음먹고 구하면 얼마든지 구할 수 있다. 가격이 비싼 건 아무런 문제가 안 된다. 딸아이의 안전이 달려 있지 않은가!

린다는 이해가 안 된다는 듯 고개를 갸웃했다.

"쟤 엄청 약한 앤데 왜 다 도망쳐?"

슬레이어들이 몬스터가 나타난 지점을 향해 움직였다.

경찰이었다. 경찰들은 시민의 안전을 책임지며 도심에 나타난 위험 몬스터, 그러니까 오크 이상의 몬스터들을 슬레잉하는 역할을 맡고 있었다.

이번에는 트롤. 꽤 강한 개체이며 어린 아이들에게는 매우 위협적인 몬스터다.

경찰들의 눈에 위험한 상황이 보였다. 20대 중반 쯤의 젊은 남자와 어린 여자아이가 보였다. 저들은 겁에 질리기라도 했는지 아예 움직이지 못하고 있었다.

"피, 피하세요!"

큰일이다. 막아줘야 했다. 그게 경찰의 의무니까.

"아니, 그 자리에 움직이지 마세요! 몬스터를 자극할 수 있습니다!"

지금이 골든타임이다. 어떻게든 가서 도와야 했다. 몬스터를 자극하지 않도록 하는 것이 중요했다.

"어… 어라?"

린다가 헤헤 웃었다.

"뭐야? 쟤? 약한 애네."

약한 애 맞다. 트롤은 아주아주 약한 개체다. 린다는 그걸 본능적으로 느꼈다.

'트롤을 상대로 린다가 어느 정도 힘을 발휘하는지 한번 봐야겠어.'

현석은 린다를 내버려 뒀다. 경찰은 달려가면서 이상함을 눈치챘다.

"경감님 트롤이 이상합니다. 움직이질 않습니다."

린다가 말했다.

"움직이지 맛!"

경찰들이 외쳤다.

"꼬, 꼬마! 가만히 있어! 절대 움직이지 마!"

맙소사. 일이 벌어졌다.

꼬마아이가 트롤을 향해 걸어가는 것이 보였다. 막아야 했다. 젠장! 린다는 겁먹은 트롤 앞으로 걸어가 주먹을 뻗었다.

콰과광!

거대한 폭발음이 터져 나왔다. 경찰들은 입을 쩍 벌렸다.

"마, 말도 안 돼……."

"저 아이가 지금 트롤을 한 방에 죽였어?"

초등학교 저학년으로 보이는 어린 여자아이가 트롤을 한 방에 때려잡았다. 어떻게 저런 일이 있을 수 있단 말인가. 현석은 딸아이가 기특하기도 하지만 또 걱정도 됐다.

'봉인 효력을 좀 더 높여놔야겠어.'

딸바보 유현석은 깨닫지 못했다.

이 세계에 오우거 이상 급 몬스터가 아니면 린다를 해할 몬스터는 없다는 걸, 아니, 솔직히 말해 오우거도 린다에게는 맥을 못 출 거다.

아빠된 입장에서 걱정이 되서 그렇지 린다의 능력은 이미 엄청난 수준이었으니까.

딸바보 유현석은 안전지대가 전혀 필요 없다는 사실을 자각하지 못했다. 딸 사랑 때문에 객관적인 사고를 잃어버렸다.

*　　　*　　　*

4명의 아내가 남편을 찾았다.

그녀들은 이상한 점을 분명히 눈치챘다. 그런데 이젠 확실해졌다.

평화가 가장 먼저 말했다.

"오빠 얘기 좀 해요."

세영은 말 없이 현석을 쳐다만 봤다.

"……"

은영은 뭔가 불만인 듯 입술을 삐죽이고 있었지만 별다른 불만을 토하지는 않았다.

"……"

리나만이 온화한 미소를 띤 상태로—딸을 낳은 이후로 상당히 온화해졌다—현석을 바라봤다.

"그대여, 기쁜 소식이 있는 것 같다."

현석은 침을 꿀꺽 삼켰다.

드래곤, 아니, 드래곤 할애비가 와도 안 무섭다. 이제 드래곤은 그냥 좋은 보약이다.

평화가 물었다.

"오빠. 활이 임신한 거 알고 계셨어요?"

현석은 식은땀을 흘렸다.

뭔가 이 분위기 무섭다. 아내들의 표정을 보니 제각각이다. 그러나 대충은 느껴졌다. 어차피 다들 이렇게 될 줄은 이미 알고 있었던 모양이었다.

세계의 영웅. 살아 있는 전설 플래티넘 슬레이어는 말을 더듬었다.

"나, 나도 어제 알았어."

그때 술을 그렇게 많이 먹는 게 아니었는데. 활은 몸이 굉장히 따뜻하다. 술을 많이 먹고 따뜻한 것이 있길래 꽉 껴안고 잤는데 일어나 보니 이미 일을 벌어져 있었다.

은영이 물었다.

"네가 아빠야?"

현석은 애를 많이 낳아도 된다. 키울 능력과 여건은 얼마든지 된다.

"그게… 그러니까."

현 시대에서 남자가 여러 명의 여자를 거느리는 건 흠이 되지 않는다. 문제는 이 여자들이 요즘 불만이 조금 쌓였다는 거다.

현석은 혼자인데 여자는 여럿이다.

기분 탓인지는 몰라도 현석은 요즘 다크서클이 턱 끝까지 내려오는 것 같은 느낌을 받았다.

성형에게 말했듯, 기가 빨리는 느낌이랄까. 아내들이 안 예쁘면 어떻게 참아는 보겠는데 또 지나치게 예쁘다 보니 밤만 되면 불타올랐다. 그리고 아침이 되면 녹초가 되고.

은영이 말했다. 아주 조금 불만이었다.

"저번에 피곤하다고 나랑은 세 번밖에 안하고 그냥 잤잖아!"

언제나 현석의 편인 듯했던 리나도 거기 은근슬쩍 동참했다.

"그대는 어젯밤, 나와 32번의 잠자리밖에 가지지 않았다."

정력이 Unlimited가 됐다. 파이널 모드도 클리어했다. 활의 말에 따르면 이것은 '최상위 명령'이며 리나가 '상대보다 강하게 설정되는' 명령보다 더 높은 등급이라고 했다.

따라서 리나의 발정기도 이제 두렵지 않다. 이젠 발정기의 리나가 두려운 게 아니라, 가끔 이 여자들이 그냥 두려운 것 같은 느낌도 들었다.

그런 주제에 또 다른 여자를 만들어? 평화가 확인 사살했다.

"정말 오빠 아이 맞아요?"

그때, 멀리서 활이 싱글벙글 웃으면서 다가왔다. 아직 이쪽 분위기 파악을 못했다. 호칭이 바뀌었다.

"여보! 아이가 잉태되었어요!"

현석은 울고 싶어졌다.

한편, 세계는 난리가 났다.

8년 동안 모습을 드러내지 않았던 세계의 대재앙. 드래곤이 부산 쪽에 출몰했기 때문이다. 아리랑에서 급히 연락이 왔다. 현석은 반색했다.

"바로 갑니다! 갔다 올게."

드래곤은 무조건 막아야 하는 괴물… 아니, 보약이다. 그리고 지금은 아내들로부터 도망칠 수 있는 절호의 기회이기도 했고.

〈8년 만에 재림한 재앙, 드래곤.〉

8년 만에 나타난 드래곤 때문에 사람들은 공포에 떨었다. 부산 전체가 마비됐다. 그러나 어쩐 일인지 드래곤은 부산을 공격하지 않았다. 날개를 펼치고 남쪽을 향해 날아가기 시작했다.

〈속보. 드래곤 남하 중.〉

일본은 기겁했다. 이대로면 일본으로 오게 생겼다.

일본 총리가 된 야마모토는 울고 싶었다.

'어, 어째서 여기로 오는 거냐!'

현석은 열심히 달렸다.

'도망치지 말고 딱 거기 있어라!'

기다려라. 보약. 내가 간다.

〈8년간의 침묵을 깨고, 플래티넘 슬레이어 남하 중.〉
〈세계의 영웅. 전설을 새로 쓰기 위하여 움직이다!〉

〈살신성인의 슈퍼 히어로. 이번에도 몸을 내던지다.〉

몸을 내던진 게 맞긴 맞다. 그런데 위험에 몸을 내던진 건 아니고 아내들로부터 도망친 것에 가까웠다. 물론 보약도 얻을 겸.

이상한 얘기가 나돌았다.

사실은 드래곤이 플래티넘 슬레이어 때문에 꽁지가 빠져라 도망치고 있다는 얘기였다. 언제 따라붙었는지 활이 어느새 현석의 등 뒤에 매달린 채 활짝 웃었다.

"드래곤 로드의 드래곤 하트를 섭취했기 때문이어요. 드래곤은 아마 주인님… 아니, 여보의 힘을 느끼고 열심히 도망칠 거예요. 얼른 잡으러 가요! 제까짓 게 도망쳐 봐야 활이 손바닥 안이지! 덕분에 언니들 잔소리도 피하고. 딱 이네! 날씨도 좋고!"

인류의 재앙 드래곤을 잡으러 가는 길. 활에게는 즐거운 데이트인 듯했다. 저도 모르게 본심이 튀어 나왔다.

"멀리멀리 도망쳐랏!"

그래야 데이트를 더 오래할 수 있으니까. 쫓고 쫓기는 추격전 가운데 인류 최대 스케일의 데이트가 시작됐다.

『올 스탯 슬레이어』 완결

초대형 24시 만화방

신간 100%, 샤워실, 흡연실, 수면실(침대석), 커플석, 세탁기 완비

▪ 강북 노원역점 ▪

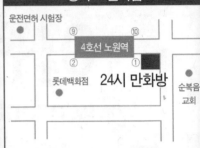

서울 노원구 상계동 340-6 노원역 1번 출구 앞 3층
02) 951-8324 (화용빌딩 3층)

▪ 일산 정발산역점 ▪

라페스타 E동 건너편 먹자골목 내 객잔건물 5층
031) 914-1957

▪ 일산 화정역점 ▪

경기도 고양시 덕양구 화정동 984번지 서일빌딩 7층
031) 979-4874 (서일사우나 건물 7층)

▪ 부천 역곡역점 ▪

역곡남부역 기업은행 건물 3층
032) 665-5525

▪ 부평역점 ▪

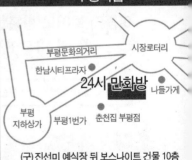

(구) 진선미 예식장 뒤 보스나이트 건물 10층
032) 522-2871

검자 新무협 판타지 소설

FANTASTIC ORIENTAL HEROES

목탁

木鐸

해적으로 바다를 누비던 청년,
절해고도에 표류해… 절대고수를 만나다!

"목탁은 중생을 구제하는
좋은 이름일세"

더 이상 조무래기 해적은 없다!
거칠지만 다정하고, 가슴속 뜨거운 것을 품은

목탁의 호호탕탕 강호행에
무림이 요동친다!

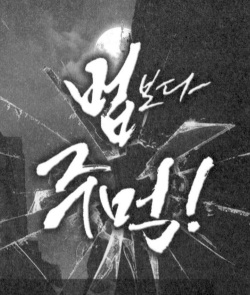

연기의 신

FUSION FANTASTIC STORY

서산화 장편소설

GOD OF ACTING

PRODUCTION

DIRECTOR

CAMERA

DATE | SCENE | TAKE

무대, 영화, 방송…
모든 '연기'의 중심에 서다!

『연기의 신』

목소리를 잃고 마임 배우로 활동하던 이도원은
계획된 살인 사건에 휘말려 비참한 죽음을 맞이한다.
그런 그에게 주어진 특별한 기회, 타임 슬립.

"저는 당신의 가면 속 심연을 끌어내는 배우입니다."

이제 그의 연기가 관객을 지배한다!
20년 전으로 되돌아가 완전한 배우로서의
삶을 꿈꾸는 이도원의 일대기!

Book Publishing CHUNGEORAM

유행이 아닌 자유추구 -
WWW.chungeoram.com